Simone Solga

Mein Leben als Kanzler-souffleuse

Mit Fotografien von Asja Caspari

Rowohlt Taschenbuch Verlag

Die Autorin bedankt sich bei ihren Koautoren Martin Maier-Bode und Thomas Letocha, mit deren Hilfe dieses Buch entstanden ist, und bei Karl-Heinz Hummel.

Originalausgabe +++ Veröffentlicht im Rowohlt Taschenbuch Verlag, Reinbek bei Hamburg, September 2009 +++ Copyright © 2009 by Rowohlt Verlag GmbH, Reinbek bei Hamburg +++ Lektorat Uwe Naumann +++ Bildnachweis: Die nicht Simone Solga darstellenden Fotos stammen von: ullstein bild: Boness/IPON 9, 63, 93 // photothek 102, 123, 124, 129, 139, 140 // Reuters 145; BPA 157, 203; picture alliance: 21, 22, 24, 55, 66, 79, 113 +++ Umschlaggestaltung ZERO Werbeagentur, München (Abbildung: Roland Forster Künstleragentur/Claude Langlois; Reichstagsgebäude: Rolf Nöhmeier, pixel2.de) +++ Innengestaltung & Satz Daniel Sauthoff +++ Satz DTL Fleischmann PostScript (InDesign) +++ Druck und Bindung Druckerei C. H. Beck, Nördlingen +++ Printed in Germany +++ ISBN 978 3 499 62516 9

`Was ist eine Souffleuse?` Ein Souffleur oder in der weiblichen Form eine Souffleuse bezeichnet im Theater eine Person, die während einer Aufführung die Rollen flüsternd mitliest und damit den Schauspielern einsagen kann.

`Was ist ein Kanzler?` Ein Mann, im schlimmsten Falle eine Frau, der/die sich in seiner/ihrer Partei ganz nach oben geboxt hat und danach kraft seiner/ihrer Beziehungen zum deutschen Regierungschef ernannt wurde.

In den Aufgabenbereich des Bundeskanzlers gehört die regelmäßige oder auch impulsive Erhöhung von Tabak-, Mineralöl- und Märchensteuer.

+++ 13. September 2009, 15:32 Uhr, Rheda-Wiedenbrück, im Dienstwagen der Kanzlerin +++

Der Regen prasselt auf die Windschutzscheibe, als hätte Petrus, der Patron der Klimakatastrophe, beschlossen, den gesamten Jahresregeninhalt auf einmal zu verschießen. Die Wischerblätter surren in eiligem Tempo, aber nahezu tonlos über die Glasfläche.

Ich bin müde und fühle mich sehr kraftlos. Draußen herrscht ein sehr deutscher Herbst: grau, regnerisch und unangenehm langsam. Es ist, als gleiche sich die Jahreszeit der Agonie des Landes an und würde den Durchbruch zu besseren Zeiten nicht vollziehen wollen.

«Was für ein Idiot da vor uns! So Typen sollte man mal drauf aufmerksam machen, dass ein Auto ein Fortbewegungsmittel ist. Fortbewegung kommt von fort und von Bewegung, du Kanaille!» Werner Stock ist eigentlich ein alter Hase im Fahrdienst des Kanzleramts, aber beim Fahren kann er sich und seine Flüche selten im Zaum halten. Darin gleicht er übrigens den meisten Autofahrern in Deutschland. Manche schimpfen, als wollten sie den totalen Krieg ausrufen. Was die deutsche Mentalität angeht, herrschen beim Straßenverkehr noch die dreißiger Jahre!

Zugegeben, bei den Schlaglöchern hier auf der B 64, in Rheda-Wiedenbrück, muss man auch das Gefühl bekommen, dass sie mindestens seit der Weltwirtschaftskrise nicht mehr saniert worden sind. Dabei war das deutsche Straßensystem einmal ein Vorzeigeobjekt. Das ist inzwischen vorbei. Unsere Schlaglöcher haben inzwischen die Tiefe von Tiefensees Sorgenfalten, wenn man ihm «Bahnreform» zuruft!

Das Auto ruckelt heftig. Die von der Security sind vollkommen irre! Warum fahren wir auch durch diese bescheuerte Baustelle? Rheda-Wiedenbrück lebt schon lange mit dieser Baustelle. Sie gehört so fest in das Alltagsbewusstsein der Bevölkerung, dass der Bürgermeister beim Neujahrsempfang feierlich sagte: «Liebe Bürgerinnen und Bürger, die Baustelle an der B 64 – das ist unser Wahrzeichen! Andere Städte haben bekanntlich ebenfalls Baustellen als Wahrzeichen: Köln hat seit Jahrhunderten den nie vollendeten Kölner Dom, New York hat Ground Zero, Magdeburg hat Magdeburg ... und wir haben unsere Einfallstraße!»

Der Zustand dieser Straße macht es der Beckenbodenmuskulatur ganz deutlich: Deutschland hat Konjunkturprogramme dringend nötig.

Und die Einzige, die ein solches Programm wirksam durchsetzen kann, sitzt neben mir und tippt fingerfertig wie ein Teenie auf ihrem Handy herum.

Bei der SMS, die sie gleich abschicken wird, kann es sich um alles Mögliche handeln. Sie kann genauso privater Natur sein wie auch von staatspolitischer Wichtigkeit. Angela Merkel tippt ihre SMS immer mit dem gleichen ausdruckslosen Blick. Das Telefon ist natürlich von Siemens. Funktioniert trotzdem. Wobei Siemens auch ein Ausdruck für die deutsche Malaise ist. Allein die Verzögerung bei dem von Siemens gesteuerten Mautsystem «Toll Collect» beweist, dass Pünktlichkeit nicht mehr zu den deutschen Königsdisziplinen zählt. Man ist ja fast froh, dass es

«Made in Germany» offiziell nicht mehr gibt – in der Hoffnung, so würden unsere Produkte in der Welt noch gekauft.

Überall spürt man die Krise. Wenn man bedenkt, was Politiker und Investmentbanker so in den letzten Monaten geleistet haben ... da hat man den rumänischen Hütchenspielern jahrelang bitter Unrecht getan.

Der Autofahrer vor uns scheint auch nicht nach Pünktlichkeit zu gieren. Die Fahrt ist genauso zäh wie die Fahrt, die unsere Wirtschaft aufnimmt.

Ich schaue meine Chefin an und erwische mich dabei, ganz sanft den Kopf zu schütteln. Angela Merkel. Da sitzt sie.

Sie ist, wie immer vor Wahlen, nervös. Das macht sie mir sympathisch. Jetzt wäre eigentlich der Moment, sie auf den Fleck auf ihrem Jackett aufmerksam zu machen. Den hat sie nämlich schon, seitdem ihr beim Nachtisch der Quark auf die Stelle tropfte. Weil sie immer so hastig isst. So ein Fleck ist zwar völlig harmlos, aber die BILD-Zeitung ist fähig, in diesen Wahlkampfzeiten buchstäblich alles zu thematisieren, sogar harmlose Quarkflecken auf dem Jackett der Kanzlerin.

«Frau Solga, könnten Sie meine Rede heute etwas langsamer vorlesen?»

Vorlesen. Das ist mein Job. Ich bin die Souffleuse der Kanzlerin. Ich flüstere der Kanzlerin ein, was sie bei einer Rede sagen möchte, was sie bei einer Talkshow sagen muss, was sie spontan im Gespräch mit Sarkozy kaum zu denken wagt. Kein Job wie jeder andere.

Ich schaue die mächtigste Frau Deutschlands an, mit ihrem fast mädchenhaften Blick, ihrem manchmal fast hilflosen Lächeln und ihrem unerbittlichen Charme, jede Intrige gegen sie auszusitzen, als handele es sich um einen harmlosen Geschwisterstreit.

Was habe ich hier eigentlich im Dienstwagen der Kanzlerin zu suchen? Warum tue ich mir das an?

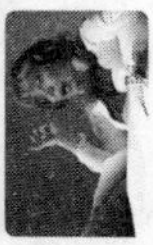

Ich blättere in meinem Tagebuch, das ich immer bei mir trage. Wenn ich mir vorstelle, wie harmlos das alles anfing ... Kanzlersouffleuse.

So ein Job steht natürlich nicht in der Zeitung. Unter «Verschiedene Angebote»: «Gesucht wird diskrete Assistenz im gehobenen Management mit klarer Aussprache, schnellem Reaktionsvermögen und der Fähigkeit zur geschmeidigen Meinungsanpassung.» – Zu einem solchen Job kommt man nur mit Beziehungen oder durch Zufall. Bei mir war es eine zufällige Beziehung. Beziehungsweise Zufall.

+++ 17. Juni 2004, 11:10 Uhr, Leipzig-Gohlis, Künstlerwohnung +++

Es ist Sonntagmorgen. Die Sonne scheint durch die ungeputzten Fenster. Mein Cello steht in der Ecke, eingepackt im Kasten, damit es nicht einstaubt. Im Radio wird vom Sonderparteitag der SPD berichtet. Gerhard Schröders Rede nervt. Seine Stimme überschlägt sich. Mein Blick schweift durchs Zimmer. Hier müsste dringend gemalert werden, und der Teppichboden ist mindestens zwanzig Jahre alt. Natürlich hätte ich viel lieber Parkett gehabt. Ich koche auch lieber mit Gas als mit Strom, und ich habe lieber einen kleinen Balkon als einen großen Keller. Und ich hasse es, im selben Raum zu wohnen und zu schlafen. In der Kochnische stoße ich mir selbst mit meinen 158,5 cm den Kopf. Ich habe keine Lust aufzustehen. Durchs Treppenhaus dringt ein Höllengeschrei. Meine Nachbarn.

Mario, mein aktueller Lover, der seinen südländischen Namen der Fernsucht seiner vogtländischen Mutter zu verdanken hat und der weder in Temperament noch Aussehen auch nur ansatzweise etwas Italienisches hat, ist relativ früh aufgestanden. Seit kurzer Zeit hat er einen festen Job. Der zuständige Sachbearbeiter der Arbeitsagentur hat ihm neulich vorgeschlagen, sich selbständig zu machen. Als Denkmal.

Jeder kennt ja diese Typen, die in den Fußgängerzonen grün angemalt herumstehen und so tun, als wären sie ein Denkmal, sich dann aber ganz langsam bewegen.

So etwas kann man lernen. In Workshops. In der Volkshochschule. Mario liebt inzwischen Denkmalsein. Er sagt immer: «Für Nichtstun Geld kriegen! Einfach dastehen und nicht sprechen. Herrlich!» Ich habe ihm gesagt, dass ich Schwierigkeiten hätte, das Denkmalsein für einen Beruf zu halten.

«Was machen Sie beruflich?» –«Ich bin Denkmal ...» Wie klingt das denn?

Vorbereitet hat er sich bei einem Workshop in der Toskana. «Nicht bewegen in vier Wochen». Die haben sich um einen Swimming-Pool gestellt und vier Wochen nicht bewegt. Der Typ, der den Kurs angeboten hat, hat gleich doppelt verdient, weil er Touristen durch seinen Garten geführt hat und ihn als Skulpturenpark von Leonardo da Vinci ausgegeben hat.

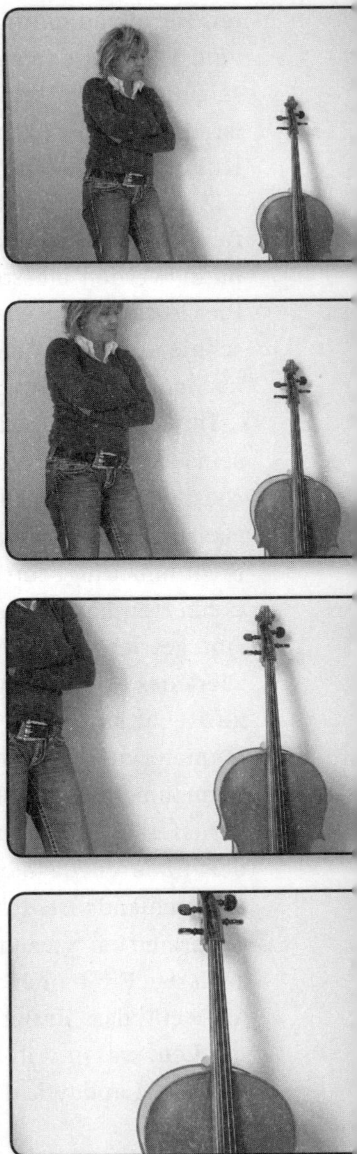

Dann ging Mario weiter zum Denkmal-Crashkurs in Berlin. Ein Kurs in Method-Acting. «Fühl dich wie ein Stück Marmor, lebe das Marmorsein aus!», hat der Kursleiter ihm dann immer gesagt.

Mario liebt diesen Beruf. Er übt das auch immer zu Hause. Macht sich immer steif. Gut, als Liebhaber ist das an sich nicht unbedingt schlecht, aber auch ein bisschen eintönig auf Dauer. Dass er am Frühstückstisch nichts sagt, das bin ich ja auch von den anderen Kerlen gewohnt, aber dauernd diesen gewollt unbeweglichen Gesichtsausdruck anschauen zu müssen, das ist etwas viel. Meine Freunde nennen ihn nur noch «Breschnew», nach dem unbeweglichsten Gesicht der Weltgeschichte.

Irgendwann hat er auch bei seinem Zweitjob angefangen, die Marmornummer zu spielen. Da war Mario Taxifahrer. Anfangs habe ich vermutet, er macht das mit dem Taxifahren nur, um eines

Tages Außenminister zu werden. Aber inzwischen weiß ich, er macht auch das, um Geld zu verdienen.

Natürlich ist es ausgerechnet in einem an Mobilität orientierten Berufsumfeld nicht klug, auf Denkmal zu machen. Er ist zum Teil Stunden an der Ampel einfach stehen geblieben. Mag sein, dass das während der Rushhour in Berlin nicht so schlimm ist, da kommt man sowieso kaum voran. Aber auch nachts? Mit Kunden hinten drin? Er wurde dann als Taxifahrer gefeuert.

Zum Glück blieb ihm der Job als Ersatzdenkmal im Museum für Moderne Kunst. Da hat er Skulpturen gedoubelt, die geputzt werden mussten. Gar nicht so leicht, doubele mal eine Picassoskulptur! Und jetzt ist er Dozent an der Volkshochschule und coacht Denkmäler. Er hat sich also gewissermaßen hochgestellt.

Im Gegensatz zu Mario bin ich mit meinem Cellistinnendasein derzeit ohne ausreichende Jobangebote. Die großen Orchester bauen eher ab als auf. Und als Solistin am Cello wird man auch nicht regelmäßig benötigt. Gleichzeitig ist der Beruf sozial nicht unbedingt fördernd. Das Üben von Fugen und Kammerkonzerten hat schon mehrere meiner Nachbarn in den Wahnsinn getrieben. Vor allem die «Sauerländer Fuge», ein atonales Werk des Plettenberger Komponisten Rüdiger Havelkamp, der zu Recht nur selten gespielt wird, hat den Leuten zugesetzt. Dummerweise gelte ich als Spezialistin für diesen unentdeckten Ausnahmekünstler und muss ihn alle halbe Jahre mal bei Avantgardefestivals darbieten. Ich hasse die «Sauerländer Fuge». Seitdem finde ich, dass das Sauerland die unsympathischste Region Deutschlands ist. Ich war noch nie da, aber ich hasse es. Das Sauerland kann machen, was es will. Das hat bei mir einfach verschissen. Für immer! Genauso wie dieser Müntefering. Seitdem ich weiß, dass Franz Müntefering Sauerländer ist ... der kann machen, was er will. Ich lehne ihn ab. Er ist eben Sauerländer! SAUER-Land, wie das schon klingt! So unfroh ...

Mit diesen Gedanken beschäftigt, putze ich resigniert meine Künstlerbutze. Während ich mich bei dem Gedanken erwische, vielleicht auch einen Denkmalkurs bei Mario zu belegen, klingelt das Telefon. Bestimmt wieder mein italienischer Vermieter Manzoni, der mich gleich fragen wird, wo die Miete bleibt. Ja, der heißt tatsächlich Manzoni. Klingt immer wie eine Beleidigung der Bürger der DDR: «Mann, Zoni, pass doch auf!» Ich hebe ab, und während ich mir schon eine Ausrede zurechtlege, höre ich eine andere bekannte Stimme.

Es ist Günther von der Künstleragentur, der mir alle halbe Jahr mal einen Job vermittelt: «Halt dich fest, Simone-Mäuschen, ich hab da einen ganz dicken Fisch für dich an Land gezogen: Du spielst mit deinem Cello vor dem Kanzler!»

«Wie jetzt!? Im Kanzleramt? Vor dem Kanzler?»

«Nein, in Bitterfeld. Bevor der Kanzler kommt. Da wird das Bitterfelder Spaßbad eröffnet. Ein Meilenstein beim Aufbau Ost. Die ganze SPD-Spitze ist anwesend.»

«Du sagtest schon, dass Schröder kommt ...»

«Der Kanzler spricht. Und du bist vor ihm dran, du sollst die Nationalhymne vergeigen ... äh, spielen ... damit es festlich wirkt. Und vielleicht noch ein bisschen was Schmissiges, um die Stimmung anzuheizen.»

Die Stimmung anheizen? «Wie soll ich die Stimmung anheizen, für diese rot-grüne Bundesregierung, die ihre letzten Erfolge in der Kreidezeit feiern durfte? Und dann in Neu-Fünf-Land? Da rührt sich bei der Nationalhymne genauso viel, wie wenn ich vor dem Papst den Tanz der sieben Schleier tanze.»

«Köstlich, Mönchen, köstlich! Also alles paletti, ich sage zu.»

Was soll ich nur tun? Ich bin jung und brauche das Geld – oder eben nicht mehr so jung, da brauchst du das Geld erst recht. Ja, klassische Musiker müssen eben auch so was machen. Entschuldigung: Klempner müssen ja auch manchmal in die Scheiße greifen.

«Gib mir die Adresse von dem Spaßbad und sag mir, wann ich da sein soll!»

Wenn du denkst, es geht nicht weiter,
suche den Brigadeleiter.

Manchmal muss ich mir mit einem kleinen Reim Mut machen. Und das kommt daher:

Ich hatte als Kind einen Sprachfehler. Wenn ich aufgeregt war, konnte ich kein R sprechen. Wi_klich nicht. Das kam gar nicht gut, vor allem nicht in der DD_. Ich habe zum Beispiel immer Kal-Max-Stadt gesagt. Oder Abeitee-und-Baueen-Staat. Wenn mein Vater mal grrrrün vor Wut war, hab ich anderen lieber gesagt, er sei blau. Trabbi zum Beispiel war ganz schlecht. Staatsratsvorsitzender auch. Hingegen Aktivist ging gut. Oder Lenin. Oder Sättigungsbeilage.

Meine Mutter ist dann mit mir zu einer Logopädin gegangen – und die hat mir eingebläut: «Denk dran: Du musst immer rein sprechen.» Sie meinte, ich sollte mich immer zu konzentrieren versuchen und möglichst sauber sprechen. Ich habe aber verstanden: Denk dran – du musst immer Reim sprechen. Also habe ich mir krampfhaft angewöhnt, bei Aufregung zwischendurch immer einen kleinen Reim aufzusagen. Also zum Beispiel: «Wirrrr lieben den Arrrbeiterrr-und-Bauerrrrn-Staat – weil err die grrrößte Zukunft hat!» Und seitdem klappt das mit dem R super. Wi-klich. Man kann sagen, immer wenn ich mich aufrege, versuche ich mir einen Reim auf die Welt zu machen.

Ich verlasse mein malerisches Einzimmerappartement mit Nasszelle und Kochnische, steige in Marios Kleinstwagen und fahre erst mal zum Entsorgungspark, um die Red-Bull-Dosen und McDonald's-Tüten loszuwerden. Dabei entdecke ich elf überfällige Strafzettel, alle wegen Falschparken – Tempolimits

lassen sich mit diesem 32-PS-Boliden ja schlecht überschreiten. Die Tankanzeige steht auf Reserve ... Super, Mario!

Ich opfere viereinhalb Musikergagen im Tempel der Ölgötzen – also in der ARAL. An der Kasse muss ich demütigenderweise durch Winken auf mich aufmerksam machen, weil der Tresen zu hoch ist; nur noch eben den Scherz des Kassenmanns, ob ich die Kindersicherung auch drin habe, mit einem netten Lächeln quittiert – und schon brause ich mit vierzig auf der Bundesstraße dahin, eingekeilt zwischen mautflüchtigen Lkws, deren Fahrer wahrscheinlich grade über CB-Funk verhandeln, wer mir auf welcher Raststätte auflauern darf. Aus ihren selbstgetunten Auspuffen wehen mich Schwaden von Feinstaub an – eigentlich müsste der Grobstaub heißen oder Fettstaub. Ich reagiere mit einem allergischen Schub.

Und dann der Typ in dem weißen BMW. Weißes Oberhemd. Ich habe ihn überholt. Er hat mich überholt. Das ging eine ganze Zeit so. Er lächelt unglaublich sexy. Dreitagebart. Wahrscheinlich ein Journalist. Oder Modemensch. Oder Künstler. Auf jeden Fall ein Kreativer. Dann habe ich ihn wieder überholt und unmittelbar danach den Blinker zur Raststättenabfahrt blinken lassen. Er blinkt auch. Ein echtes Abenteuer. Was jetzt alles passieren könnte: Fesselnde Gespräche, wir lachen viel, kommen uns auf dem Kühler seines BMW näher ... Wir halten. In meinem Auto kocht es bereits, denn auch im Sommer fahr ich immer mit geschlossenen Fenstern Auto, damit die anderen denken, ich hätte eine Klimaanlage ...

Das weiße Oberhemd kommt auf meinen Wagen zu. Mein Gott, ich würde es glatt tun ... Mein Herz schlägt bis zum Hals ... Er steht vor meiner Scheibe ... Ich mach die Scheibe runter ... Er bückt sich, schaut in mein Auto und sagt in einer Mundart, die mich erschauern lässt: «Tach, isch bin der Dhilo aus Hoyerswerda, soll'n wir ma 'n Gaffe drinken gehen!?»

Ich gebe Gas und fliege nach Bitterfeld.

Warum um alles in der Welt treiben manche Ostdeutsche Ausländer mit Gewalt aus dem Land? Ein paar Sätze in der Landessprache würden doch eigentlich genügen ...

+++ 18. Juni 2004, 17:16 Uhr, Bitterfeld, Spaßbad +++

Das Spaßbad ist eine dieser klassischen Ostfehlinvestitionen. Ausgelegt für 25000 Leute. Pro Tag. Tropenraum, Seegang, echte Piranhas, um die Authentizität zu steigern. Solche Projekte braucht der Osten! Nicht als Arbeitsbeschaffungsmaßnahme – nein, so ein Ding bringt Zerstreuung, sonst kommen die im Osten wieder auf dumme Gedanken und fühlen sich betrogen und sind wieder beleidigt und wählen die Linkspartei oder rechtsradikal …

Also eine Spaßbaderöffnung. Das Bademeisterteam ist sehr aufgeregt.

Alle haben ihre Paradebademeisterkluft angezogen. Weißes, gestärktes Outfit mit goldener Trillerpfeife. Jedenfalls wird der Kanzler gleich hier höchstpersönlich auftauchen. Wie man hört, kommt er direkt von einem Termin in Dortmund. Ein Parteimitgliedschaftsjubiläum unter dem Motto: «175 Jahre Josef Kowalski in der SPD – auf ein trotziges Vielleicht.»

Das Publikum in diesem Spaßbad: 500 nackte Arbeitslose, die unbedingt ins feuchte Nass hüpfen wollen, und dazwischen die ganze Politprominenz der Region, schwitzend in ihren Anzügen …

Mein Agent hat sich wirklich ins Zeug gelegt: Schon vor dem Auftritt bekam ich eigens einen Musikerpreis, um meinen «Marktwert zu erhöhen»: die «Bitterfelder Duschkugel». Dazu gab es für mich einen Gutschein für ein Spaßbad-Massage-Abo bei Frieder mit den Zauberhänden. Die Gage selbst war noch niedriger als sonst – Hans Eichel hatte sie persönlich ausgehandelt und wie üblich ohne Gegenfinanzierung.

Egal, ich bin Profi. Ich inspiziere die Bühne. Die Tonanlage ist von Siemens, läuft wie geschmiert, Licht brauche ich nicht, weil das Dach noch voller Löcher ist, durch die das graue Firmament von Bitterfeld blinkt, und über dem Rednerpult hängt ein von der SPD-Promotion-Abteilung gestaltetes Plakat: «Der Aufschwung Ost geht baden!»

Es sickern schüttere Menschen in das Spaßbad, deren Gesichter farblich perfekt zu den fahlen Abdeckplanen über den irgendwann noch zu begrünenden Tummelflächen passen. Das ist das Volk. Die SPD-Prominenz wird von gutgebauten Bodyguards zum Schutz vor Tomatenwerfern durch den Hintereingang auf ihre Plätze geschleust. Einige Genossen weinen – sie haben gerade die neueste Wahlprognose gelesen. In diese Bude soll ich Rambazamba zaubern.

Am Anfang dieser Veranstaltungen kommt dann immer ein Warm-upper, genauso wie bei Fernsehshows, um die Leute richtig in Stimmung zu bringen – im Prinzip sind so Parteiveranstaltungen ja nichts anderes mehr als Fernsehshows, nur dass Jörg Pilawa da Franz Müntefering heißt.

Natürlich sind die Warm-upper bei der SPD noch längst nicht so professionell wie beim Fernsehen. Das sind Leute, die bis vor kurzem noch Arbeitnehmerseminare in Gewerkschaftsheimen gegeben haben. So was wie: «Betriebliche Arbeitssicherheit in der postfordistischen Arbeitswelt». Und plötzlich soll man einen auf locker machen. Die haben es auch nicht leicht.

Dann kommt Schröder persönlich. Mit dem Hubschrauber. Und der ganze Tross mit Sicherheitsleuten. Einige von denen auch nackt, damit sie nicht auffallen. War nur doof, dass die alle Sonnenbrillen trugen und eine Knarre in der viel zu knappen Unterhose.

Schröder nimmt in der ersten Reihe Platz. Ich bekomme ein Zeichen, zu beginnen. Ich bin schrecklich nervös und spiele aus Versehen «Auferstanden aus Ruinen». Alles stutzt. Irgendwie kriege ich die Kurve zum Deutschlandlied.

Die Meute klatscht mehr oder weniger rhythmisch in die Hände, sodass meine Nationalhymne taktmäßig völlig aus den

Fugen gerät. Die Hymne klingt jetzt so wie der Song vom alten Holzmichel ... irgendwie nicht mein Tag. Schweißperlen ... peinliche Pause.

Schließlich geht Schröder ans Rednerpult, hinter ihm der Referent, der ihm die Rede zustecken sollte. Die fällt ihm aus der Hand, das Papier verteilt sich auf dem Kachelboden, der Referent kratzt es zusammen, Schröder lächelt ganz cool und sollte jetzt sprechen. Er nimmt die Zettel und setzt an: «Liebe Genossinnen und Genossen, wir feiern heute den 175. ...» Falsche Rede. Strafender Blick. Nächstes Blatt. Neuansatz. «Er ist neu. Er ist heiß. Auf vier Rädern!» Wieder Blick. Schröder findet keinen richtigen Zettel. Er muss frei reden: «Wir eröffnen heute ein Spaßbad. Hier in ... in ...» Alle umstehenden Badehosensicherheitsleute zucken mit den Achseln.

«In Finsterwalde ... äh, Bitterfeld! ... Ja, gute Frage ... Die Antwort ist ... ist ...» Und da kommt plötzlich ein kleines Mädchen zu ihm. Weiße Kniestrümpfe, Faltenröckchen, in der Hand einen Blumenstrauß. Schröder guckt irritiert, die anderen drum herum auch, weil dieser Vorgang so nicht im Protokoll stand, das war nicht vorgesehen. Das Mädchen läuft auf ihn zu und sagt ganz laut:

«Lieber Onkel Gerd!
Du bist sehr spendabel, ich schenk dir einen fabel-
Haften Blumenstrauß. Und sag danke schön.
Wirst du jetzt auch baden gehen?» ...

Der Reim klingt wie Musik in meinen Ohren.

Schröder ist sichtlich irritiert. Er will ansetzen, etwas zu sagen. Und ich merke, der hängt. Der hängt total. Mörderhänger.

Das kenne ich auch ... Ich habe als Kind in der Grundschule mal in einem Kinderstück mitgespielt. Mein Satz sollte heißen: «Trolle wollen nur Schabernack treiben und ärgern!» Ich habe aber gesagt: «Trolle wollen nur Schabernack treiben!», und dachte, ich wäre fertig. Da rief die Souffleuse: «Und ärgern!» Ich schau runter. «Und ärgern!» Und ärgern? Was meint die? Ich hielt das für eine Regieanweisung und habe getan, was sie von mir verlangt hat: mich geärgert. Die Souffleuse weiter: «Und ärgern!»

Man glaubt nicht, wie sehr ich meinen Ärger gespielt habe. Mit den Füßen getrampelt, Flüche gerufen ... aber mein Text kam nicht mehr.

Bei Schröder ist es genauso. Er steht da, nackter als jeder nackte Arbeitslose im Spaßbad. Der sagt gar nichts mehr. Gut, das unterscheidet sich inhaltlich auch nicht von dem, was er vorher schon nicht gesagt hat, aber es fehlt einfach dieses beruhigende Redegeräusch.

Ich sitze mit meinem Cello keine zwei Meter von Schröder entfernt und denke, diesen Auftritt in Bitterfeld hätten wir uns ja wohl beide schenken können. Alles ist schiefgelaufen. Ich denke an Günther von meiner Agentur. Wie soll ich meinen verpatzten Auftritt erklären? Werde ich jemals wieder einen Auftrag bekommen? Und da kam es wieder, das Gefühl, dass ich reimen muss. Reime haben eine Struktur und bringen Ordnung. Manchmal Logik. Im besten Falle Sinn. Und ich sage so vor mich hin: «Na ja, heute ist nicht alle Tage. Ich komm wieder, keine Frage!»

Plötzlich: Schröder wiederholt es: «Na ja, heute ist nicht alle Tage. Ich komm wieder, keine Frage!» Laut, direkt in sein Mikro, ohne weiter nachzudenken. Das scheint ein wichtiger Politikerreflex zu sein. Erkennen, was einem nützt, und hemmungslos nehmen, was kommt.

Tosender Applaus. Sogar aus dem Volk. Nicht aus Begeisterung, glaube ich, die Leute wollten jetzt dringend ins Wasser springen und plantschen.

Aber die Presseleute waren fassungslos. Schröder reimt. Wieder so ein Überraschungscoup!

Er dreht sich um und starrt mich an, als sei ich Hillu. Seine Erleichterung ist groß, er lächelt und kann seine belanglose Rede fortsetzen. Die Situation ist gerettet.

Wenn man es genau nimmt, kann man sagen: Ich habe dem Kanzler genau das eingeflüstert, was er nicht zu sagen hatte.

Nach der Spaßbad-Eröffnung ist Franz Müntefering persönlich zu mir gekommen.

«Frau Solga, ich sage es offen, klare Kante, ganz direkt, ohne Schnörkel, Ihr Reim hat uns aus der Deffensive gebracht. Ihre Intuition!»

Und dann hat er mir das «Münte» angeboten. Ich erröte und bekomme feuchte Hände.

«Danke ... Münte. Wird so etwas denn honoriert?»

«So Sachen macht bei uns der Hans, Simone. Bin ich froh, wenn ich nix weiß von. Melden Sie sich doch, wenn Sie mal nach Berlin kommen!»

Danach geht er, mit solidarischem Gruß.

Was für ein Moment. Ich kann es nicht fassen. Ich habe Intuition. Und Münte hat es bestätigt.

Ganz schwindlig nehme ich mein Cello. Welche Wendung nimmt der Tag! Beschwingt und voll Freude will auch ich gehen ... doch da renne ich gegen etwas Hartes, Waschbrettartiges, Muskulöses, männlich-herb und sinnlich Duftendes. Ich taumele einen Schritt zurück und sehe von weit unten nach weit oben in ein Paar Augen, die unendlich wie die Taiga und tief wie die Wolga sind. Der größte Bodyguard, ein Bär von einem Mann! Gut gebaut, tierischer Gang, die Zähne so groß und weiß wie Grabsteine. Wortlos streckt er mir mit kräftiger, aber

sensibler Hand Müntes Visitenkarte entgegen. Zitternd nehme ich sie, und ehe ich noch so was Blödes wie «Hallo» oder so sagen kann, ruft jemand: «Vitali, wir fahren!» Ich bin verblüfft und stottere: «Ach, Vitali? Sie kommen mir irgendwie bekannt vor ... Wollten Sie nicht mal in Kiew Bürgermeister werden? Ich bin Simone. Ich stamme aus einer Sauerländischen Fuge ... äh, sächsischen Familie. Ich koche wie ein Samowar und wär gern ihre BBBeutekunst ...» Der sanfte große Bär nickt mir zu, sein Blick scheint in meine Seele zu dringen und lässt mich im Grunde meines Wesens keusch und doch sinnlich erschauern. Er legt mir seinen Zeigefinger auf den Mund und sagt mit russischem Akzent: «Niiecht sprrrechen!»

Scheiße ... Da hätte ICH eine Souffleuse gebraucht! ... Dann war er verschwunden. Nur noch ein zarter Hauch von Wodka in der Luft erinnert an unseren magischen Moment.

So ungefähr war das.

Irgendwie spüre ich in diesem Augenblick: Das wird noch Konsequenzen haben.

Ich bin der Breitreifen
Du bist die Felge
Ich dreh mich nur um dich
Weil ich für dich schwelge

Du bist der Holzwurm
Ich bin die Linde
Oh … du erregst mich so
Unter der Rinde

Ich bin der Leberkäs
Du bist die Semmel
Ich liege zwischen dir
Wie der Zar im Kreml

Ich bin der Parmesan
Du bist die Reibe
Kannst du es je versteh'n
Wie ich an dir leide?

Ich bin das Eiweiß
Du bist mein Dotter
Ich trenn mich schwer von dir
Weil ich dich vergotter

Ich bin die Dampfnudel
Du die Soß mit Vanille
Wir passen so gut zusamm'
Mach mer ein auf Familie …

+++ 21. Juni 2004, 10:15 Uhr, Leipzig-Gohlis, meine Künstlerwohnung +++

Ich verzweifle an meinem künstlerischen Lebenslauf, den ich vor mir zusammenbasteln soll. Irgendwie wirkt mein komplettes Leben vergeigt. Eine solche Analyse mag ironischerweise zu einer Cellistin passen, aber ich will nicht, dass das mein Leben ist, über das ich so urteilen muss.

Es klingelt.

Bestimmt mein Vermieter, Manzoni, der inzwischen seine Kontoauszüge studiert haben dürfte.

Die Manzonis, die waren ja mal in der Fernsehsendung bei Beckmann, weil ihre Mutter in Sizilien von der Mafia entführt worden war ... nein, der Sohn von den Manzonis, der Guiseppe, der war entführt worden, und die Eltern wollten jetzt die Entführer um Gnade bitten. Im Fernsehen. Bei Beckmann.

Nachher hat sich rausgestellt, dass der sich selbst entführt hatte, um bei den Alten ein paar Euro loszueisen. Aus dem wird mal was, aus dem Guiseppe! Der hatte den Eltern extra noch anonym geschrieben, dass sie weder die Polizei noch die Öffentlichkeit einschalten sollten. Der wollte nicht, dass seine Eltern sich blamieren.

Nach der Sendung hab ich ihnen gleich meine Hilfe angeboten, ich hatte noch so eine Packung Schlaftabletten, gut, da war das Verfallsdatum abgelaufen, aber so Eltern von einem entführten Kind, die müssen ja auch mal schlafen. Haben sie abgelehnt. Im Gegenteil, sie haben mich zu sich eingeladen, weil sie ihren Kummer loswerden wollten. Der Grappa war hervorragend, sonst vertrag ich so was Scharfes nicht, aber mir haben die Manzonis so leidgetan, da kommt dann manches Glas zusammen.

Und plötzlich steht der Guiseppe in der Tür und beichtet seine getürkte Entführung. Ich musste so lachen, das lag vielleicht auch an dem Grappa, ich habe die ganze Zeit geschrien: «Ist das verrückt, ein Italiener türkt in Sachsen eine Entführung!» Das Blöde war, dass er, der Guiseppe also, das Ding mit zwei türkischen Freunden gedreht hatte.

Seit der Zeit grüßen mich die Manzonis nicht mehr. Aber wenn ich sie, die Frau Manzoni, im Treppenhaus sehe, sage ich immer: «Guten Tag, Frau Manzoni, haben Sie gestern den Beckmann gesehen? Da waren wieder Leute eingeladen, man soll's nicht glauben!»

Neulich hing an meiner Kellertür eine tote Katze. Hab ich mir gesagt: immer noch besser als ein Pferdekopf im Bett. Aber ich muss hier raus ...

Mein Agent ist am Telefon: «Simone, mein Herz! Schon Zeitung gelesen?»

«Welche? Das Anzeigenblättchen oder Medi und Zini von der Apotheke? Was anderes kann ich mir nicht leisten!»

«Egal welche, meine Perle. Bei allen Blättern, auf allen Kanälen und in allen Schlagzeilen: ‹Kanzler wieder kampflustig›, ‹Der Ruck von Bitterfeld›, ‹Großtat im Spaßbad› – die Kommentare überschlagen sich. Und alles nur, weil du den Kanzler herausgerissen hast. Die SPD hat in den Wahlumfragen einen Satz nach oben gemacht. Der DAX steigt. Selbst Wickert hat sich gestern bei den Tagesthemen mal nicht versprochen, so fasziniert war der von Schröders Spruch ...»

Ein Professor namens Maubisheimer, anscheinend ein einflussreicher Sprachwissenschaftler, erläuterte später in der ZEIT, was hinter dieser neuen rhetorischen Strategie des Kanzlers stecken könnte: «Heute ist nicht alle Tage ... Das sind klare Appelle, die der Kanzler da sendet! Es drückt sich darin ein neues Selbstbewusstsein aus.»

Mein Agent ist hochzufrieden und wird redselig. Er redet und redet, bietet mir im weiteren Gespräch eine Wet-T-Shirt-Tournee durch sämtliche deutschsprachigen Spaßbäder an und statt

Gage am Ende eine Woche All-inclusive-Urlaub im Neckermann-Ferienressort «Wunsiedel Fun-Dome»: «... damit du auch mal ausspannst, Mone-Mäuschen!» Bis er irgendwann zum entscheidenden Punkt kommt.

«Übrigens. Die wollen dich sehen!»

«Wer will mich sehen?»

«Münte.»

«Münte?»

«Ja, du sollst ins Kanzleramt kommen.»

«Was soll ich da spielen? Die Sauerländer Fuge?»

«Wenn du das machst ... dann ...»

«Lass mich raten: Du enterbst mich!»

«Du bekommst vom Hans Eichel ein Dankeschön. Oder so. Vielleicht ist das überhaupt die Chance meines Lebens, Simone-Maus! Und ich erhöhe meine Provision auf 30 %.»

So viel Schande kann selbst ich nicht ertragen. Also dachte ich, wenn ich nicht an Vitali dachte, über Müntes Einladung nach Berlin nach. Vielleicht könnte ich ja wirklich die Frau an der Seite des Kanzlers werden? Also jetzt nicht an der privaten Seite, das ist ein Job für Doris, bis die nächste Blondine sie ablöst – nein, beruflich. Ich könnte doch so was werden wie – wer weiß es schon? – Kanzlersouffleuse!

Um mir über das Berufsbild klarer zu werden, gehe ich in die Bibliothek und finde ein zu Unrecht unbekanntes Werk: «Flüsterer der Macht – eine Universalgeschichte der politischen Souflage». Hochinteressant!

Souffleure gab es offensichtlich schon immer. Zuerst waren es Medizinmänner, die den Häuptlingen bei ihren Ansprachen etwas zugeflüstert haben.

Ja, Häuptlinge waren ja am Anfang unserer Menschheitsgeschichte meistens richtige Proletentypen, so mentale Oliver Kahns, die beim Jagen am stärksten waren. Die so einem Säbelzahntiger mit dem ganzen Adrenalinschub das Ohr abbeißen konnten. Kraftprotze. Die haben nach der Jagd das meiste Fleisch nach Hause gebracht und waren der Boss, klar. Aber verbal waren das häufig Nieten. Eben: Oliver Kahns. Bälle fangen können und ansonsten etwas retardiert. Die Medizinmänner dagegen waren eher zartbesaitete Bohemiens, die ewig im Kaffeehaus abhingen. Roger Willemsens oder Giovanni di Lorenzos. Gut, Kaffeehäuser gab es damals noch nicht so viele, aber während die Kraftprotze jagen gegangen sind, sind die lieber mit den Mädels am Lagerfeuer sitzen geblieben. Deshalb konnten die viel besser quasseln, wie Frauen halt reden, eben über Gott und die Welt. So ist auch die Religion entstanden. Und das nur, weil sie die ganze Zeit mit den Weibchen am Lagerfeuer «Blond am Freitag» nachspielen mussten. Medizinmänner waren wahrscheinlich so Ralph-Morgenstern-Typen. Immer mit Sonnenbrille und Mütze falsch rum auf. Na gut, kann man sich jetzt in der Steinzeit kaum vorstellen, aber so ähnlich war das.

Als sich dann die Gesellschaft weiterentwickelt hat, hat sich auch der Souffleusenjob weiterentwickelt. Auf ägyptischen Wandbildern, auf mesopotamischen Stelen und aztekischen Reliefen – überall sieht man hinter den Herrschern so kleine Männchen. Erich von Däniken hielt das immer für Außerirdische, in Wirklichkeit waren das alles Zuflüsterer.

Der berühmte Brutus soll eigentlich der Souffleur von Cäsar gewesen sein.

Cäsar soll nicht gesagt haben: «Auch du, mein Sohn Brutus?», sondern ihn gefragt haben, was er denn als klugen letzten Satz sagen soll: «Nenn mich einfach deinen Sohn!» Wobei es wohl eher selten vorkommt, dass ein Souffleur seinen Politiker umbringt – man mordet sich ja dann arbeitslos.

Es war wohl auch nicht immer so, dass sogar normale Provinzpolitiker, also später so Pofallas, über einen eigenen Souffleur verfügen konnten. Das hatten im Absolutismus nur richtige Könige und Kaiser; noch in den 50ern hatte in Deutschland gerade mal der Adenauer einen Souffleur – daher auch der Spruch: «Was interessiert mich mein Geschwätz von gestern!» Der wusste einfach nicht mehr, was ihm sein Souffleur tags zuvor souffliert hatte ...

Ich blättere in dem vor mir liegenden verstaubten Buch und vergesse völlig die Zeit um mich herum. Da steht alles schwarz auf weiß, und mir wird immer bewusster: Es gibt zwar Redenschreiber, aber viele historisch wichtige Sätze stammen eigentlich von Souffleuren. Meine Augen rasen weiter über die Zeilen. Manchmal kam es auch zu Unfällen. Als Kennedy zum Beispiel damals in Berlin seine berühmte Rede gehalten hat, soll im Übertragungswagen einer von den Amerikanern einen Bonner Beamten gefragt haben, wer denn dieser Charlie gewesen sei, nach dem dieser Checkpoint benannt worden ist. Da hat der Angesprochene in die Runde gefragt: «Ist hier ein Berliner?» Und der Souffleur im Übertragungswagen antwortete laut: «Ick bin ein Berliner!» Kennedy hat das in seinem Ohr gehört, kurz gestockt und dann gesagt: «Ick bin ein Berliner!»

Genauso der Barschel, der wollte doch damals die Sache mit dem Engholm zugeben, aber da hatten gerade die Souffleure Sprecherwechsel; und der Neue hat gedacht: Was der hier geschrieben hat, kann doch niemals stimmen ... und dann hat der lieber die Sache mit dem Ehrenwort souffliert!

Man weiß ja immer noch nicht, ob das damals wirklich ein Selbstmord war. Meine These: Es könnte auch der Souffleur gewesen sein, der einfach seinen Fehler vertuschen wollte ...

Mich lässt der Gedanke erschauern. Immer schneller blättere ich in dieser einzigartigen Überlieferung, so schnell, als könnte mir das Gelesene wieder gestohlen werden.

Wer weiß denn heute, dass der Souffleur von Walter Ulbricht über Jahre Gregor Niemand hieß, Familienvater aus Riesa? Und als Ulbricht von der Presse gefragt wurde, ob er die Absicht habe, eine Mauer zu bauen, hat Gregor Niemand laut Textvorgabe souffliert: «Ich habe die Absicht, eine Mauer zu bauen.» Ulbricht hat das wohl falsch verstanden und in die Mikrofone diktiert: «Niemand hat die Absicht, eine Mauer zu bauen!»

Diese Lautsprecher im Ohr sind so eine Art Wanze – nur in andersrum.

Die Technologie wurde von der Stasi dann besonders weit entwickelt, für die senilen Politbüroleute damals. Gerade beim Honecker soll das nicht ganz einfach gewesen sein:

Erich: «Liebe Genossinnen und Genossen, den So... den So...»

Souffleur: DEN SOZIALISMUS ...

Erich: «den Sozialismus»

Souffleur: IN SEINEM

Erich: «in seinem ... seinem ...»

Souffleur: LAUF

Erich: «Was soll ich? Laufen?»

Souffleur: IN SEINEM LAUF

Erich: «... in seinem Lauf ...»

Souffleur: HÄLT WEDER OCHS

Erich: «hält wäder Öchs ...»

Souffleur: NOCH

Erich: «nochmal?»

Souffleur: NEIN, NOCH ...

Erich: «nein, noch ...»

Souffleur: ESEL

Erich: «Was, das verbitte ich mir jetzt!»

Und so was kann natürlich auch weltweite Konsequenzen haben. Zum Beispiel der Souffleur, der Schabowski diesen Satz mit der Öffnung der Mauer eingeflüstert hat, war wohl ein ganz bescheidener Mann, eigentlich Mongolischübersetzer für die DDR, und ist dann von der Treuhand abgewickelt worden. So einer wird heute nicht mehr gebraucht. Das ist dann natürlich

sehr ärgerlich. Der sagt sich auch: Hätte ich das doch damals nicht gesagt ...!

Leider ist der politische Souffleur später anscheinend völlig aus der Mode gekommen, denn hier enden die Aufzeichnungen in meinem gefundenen Meisterbuch.

Ich sehe vor mir die einmalige Chance, ihn zu neuem Leben zu erwecken.

Ich weiß jetzt genug über die Gefahren und Herausforderungen des Souffleusenberufs. Man könnte also aus so einem Pannendienst, wie ich ihn da in Bitterfeld geleistet habe, wieder einen Beruf machen, quasi als Gelber Engel für Redeunfälle des Kanzlers. Falls der mal wieder ein Blackout hat. Schließlich kann man ja schlecht die Sozialhilfe kürzen, wenn die Entscheidungsträger sprachlich schlechter dastehen als die Leistungsempfänger.

Klare Aussprache, schnelles Reaktionsvermögen, Fähigkeit zur geschmeidigen Meinungsanpassung – alles kein Problem bei mir. Ost-Vergangenheit kein Hinderungsgrund, tadelloses Führungszeugnis, Spargelkönigin gewesen. Visitenkarte von Münte ... also auf nach Berlin ... warum sollte mir das nicht gelingen?

Mein Gott, ich habe für meine Karriere schon so viel versucht. Ich bin in meiner Verzweiflung sogar so weit gegangen, Geld als Musikschullehrerin an einem Schuljugendmusikwerk zu verdienen. Das ist für viele Musiker so etwas wie die Todesstrafe. Untalentierten pickligen sechzehnjährigen Jungen, die lieber auf der Playstation Ego-Shooter spielen wollen, zu erklären, was eine Lage ist, und gemeinsam auf Klangsuche zu gehen, ist ungefähr so attraktiv wie ein kapitaler Darmverschluss.

Aber eine Festanstellung hat auch ihren Reiz. Zum Beispiel nicht mehr bangen müssen, ob der Vermieter am Telefon ist und Geld eintreiben will.

Die Lage war nicht besonders. Kurz zuvor hatten wieder mehrere Orchester geschlossen, und viele Cellisten waren auf dem Musikschullehrermarkt. Es gab noch eine einzige Stelle. In Sachsen-Anhalt. Schuljugendmusikwerk Aschersleben.

Gut, dachte ich, nix wie hin.

Ich hatte den Politikern geglaubt, als die sagten, dass man getrost nach Sachsen-Anhalt gehen kann! Es wurde überall geworben: «Sachsen-Anhalt kommt!» Und was passiert? Ich kam, und alle sind weg!

Das Durchschnittsalter liegt dort gefühlt bei 85. Der einzige Verein, der noch ein reges Vereinsleben hat, ist der Förderverein vom Kommunalfriedhof.

Selbst im Kinderhort sagen die vereinsamten Kinder schon: «Du, langfristig hab ich hier keine Perspektive!» In Sachsen-Anhalt sagen sich Fuchs und Hase nur deshalb nicht gute Nacht, weil sie schon lange nach Westdeutschland abgewandert sind ... Ein Bundesland, wo Orte «Sorge» und «Elend» heißen!

Also auf nach Aschersleben, Man muss nur umsteigen in Magdeburg, in den Zug nach Köthen, und da geht's weiter über Sandersleben, Krautersleben, Hundeleben. Die Orte in Sachsen-Anhalt enden häufig auf -leben. Wahrscheinlich weil da sonst überhaupt keines wäre. Und dann ruckelt man eine Dreiviertelstunde von einem Böllersleben zum nächsten Gardeingersleben, macht nochmalhalt in Garnichtmehramleben und schwups, schon ist man da: am ausdrucksstarken Bahnhof von Aschersleben.

Die Drogenszene auf dem Bahnhofsvorplatz besteht aus einem Zigarettenautomaten. Und es gibt einen Jugendtreff: den Bistrotisch in der Tankstelle! Und jede Menge Nagelstudios. Wahrscheinlich, weil den Menschen hier die Probleme so unter den Nägeln brennen.

Hier soll der Mittelstand gefördert werden. «Flexibilität» ist angesagt. Das sagen vor allem Leute, die sich über Jahrzehnte

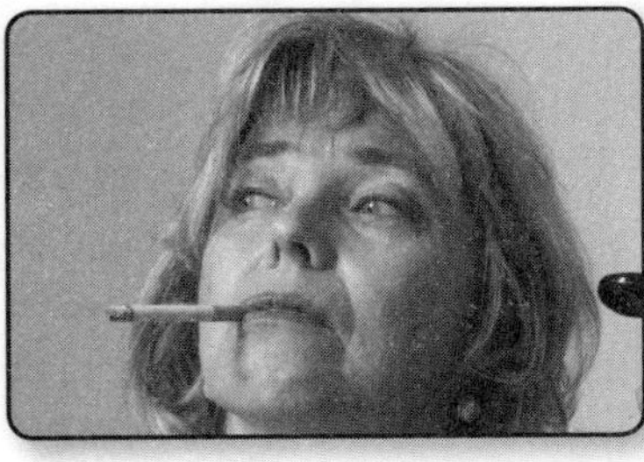

mit nichts anderem beschäftigen als mit Ausschusssitzungen und Sesselfurzen. Wie lange hat das bei unseren Vollblutpolitikern gebraucht, von Bonn nach Berlin umzuziehen! Wenn die unter Flexibilität verstehen, für einen Umzug fast zehn Jahre zu brauchen, dann war der Fünfjahresplan in der DDR eine richtige Just-in-time-Veranstaltung.

Das war alles zu viel. Ich habe es exakt zehn Tage ausgehalten und bin freiwillig von der abgesicherten Musikschulstelle wieder zurück in die prekären Arbeitsverhältnisse einer freien Künstlerin!

Autobahnzubringer – beim Baumarkt rechts abbiegen
Über die Umleitung – den Aldi lass links liegen
Vorbei am Outlet-Center bis zum Döner Kebap
Geradeaus bis an das blau geflieste Spaßbad

Dann übern Kreisverkehr spitz links genau nach Süden
Beim Fitnessstudio, da sieht man ihn schon liegen
Man spürt die Vibrationen und die Wollust beben …
Da ist der Swingerclub bei uns in Aschersleben

In unserm Swingerclub gibt's jetzt auch Werbewochen
Das hat sich über Aschersleben rumgesprochen
Sogar mit Happy Hour und mit Schnupperkuss
Da kommen Swinger mit dem Doppeldeckerbus

Wir legen sehr viel Wert auf nettes Ambiente
Sogar im Whirlpool drinnen schwimmt 'ne gelbe Ente
Im Garten steht ein Gartenzwerg mit einem Tanga
Und nach dem Swingen gibt's 'ne kräftige Soljanka

Manchmal ist angeblich auch ein Promi da
Doch der sucht wahrscheinlich nur die Domina
Und dafür lässt er sich gern die Lederpeitsche geben
Bei uns daheim im Swingerclub in Aschersleben

Da wo im Boden noch die Russenminen ticken
Da kann man heute mit den Russenbienen – sprechen
Da liegen Gertrud, Heinz und Wilma auf dem Boden
Und Papi schwingt darüber fröhlich seine Hoden

Das Leben kriegt dort wieder einen vollen Schub
In unserm Swingerclub
bei uns in Aschersleben
All you can fuck zum halben Preis!

+++ 22. Juni 2009, 10:56 Uhr, Berlin, Kanzleramt +++

Hallo, schöne Frau. Wo wollen wir denn hin?»

Ich drehe mich erschrocken um. Das hätte ich mir denken können. Ins Kanzleramt kommt man gar nicht so leicht rein.

Er riecht nach Sauerkraut und Linsen und trägt die Uniform eines privaten Wachdienstes. Sein Gummiknüppel hängt ihm bis unters Knie – nicht weil der Knüppel so groß, sondern weil der Kerl so mickrig ist. Etwas Feuchtes schlabbert an meinem Knie.

«Ich bin mit Münte auf du und du und habe einen Termin mit Hans.»

«Hans?»

«Hans.»

«Eichel, oder was?»

«Ja, schon!»

«Ihr Passierschein?»

«Ich bin Frau Solga! Ich bin eine Marktlücke. Und habe Intuition!»

«Ach, Frau Solga!? Ich glaub's nicht. Mensch, ich kenn Sie doch! Aus Aschersleben. Haben Sie da nicht mal Cello gespielt?»

«Lange her.»

«Ich hab doch gegenüber gewohnt. Sie haben immer so schräge Musikstücke gefiedelt ... Ich bin der Heiko. Heiko Zebunke. Erinnern Sie sich nicht?! Ich hab irgendwann von Hausmeister umgesattelt und bin jetzt hier Sicherheitsbeauftragter. Und das ist mein Schäferhund, der Rommel. Sitz, aus, Rommel! Platz!»

Aha, ein Deutscher Schäferhund, sehr gut abgerichtet.

«Ich hab hier die Schlüsselgewalt. Wenn ich die Schlösser austausche, und da bin ich befugt, da kommt der Schröder hier gar nicht mehr rein. Stellen Sie sich vor, es muss regiert werden, und

keiner kommt rein. Hehe. Das ist dann ein regierungsloser Zustand. Da kann sich der Köhler auf den Kopf stellen. Da ist zu!»

Er ist in seinem Element: «Früher wollte ich ja eigentlich immer zur Polizei. Ich dachte, wenn ich mal 'ne Razzia in einem Bordell mache, könnte ich die Arbeit mit nach Hause nehmen. Haha. War 'n Witz jetzt ... Wir Ossis müssen doch zusammenhalten!

Also zum Eichel: Den Gang geradeaus, zweimal links bis zum Ende, und wo es nicht mehr weitergeht, wo Schluss ist, wo es ganz finster wird ... da sitzt er, der Eichel. Viel Erfolg dann, junge Frau! Aus, Rommel, mach Platz!»

Rommel macht Platz und Rommels Herrchen auch.

Ich gehe, wie mir aufgetragen wurde.

Aber komme über Müntes Vorzimmer nicht hinaus – «Anstellungen müssen grundsätzlich erst vom eisernen Hans genehmigt werden, wegen der Gegenfinanzierung». Na, das kannte ich schon. Aber diesmal würde ich mich nicht unter Wert verramschen!

Ich also rein in sein Büro, sitzt so ein Vorzimmer-Schnösel drin und fragt: «Haben Sie eine Karte?!» – Ich ganz freundlich: «Klar, aber ich nehm gern noch eine!» – War die Stimmung schon leicht gereizt. So einfach lasse ich mich aber nicht abspeisen. Und irgendwann, irgendwie steh ich dann plötzlich vor ihm. Hans Eichel. Ich hab ihn erst gar nicht erkannt, weil er gelächelt hat. Ich sag: «Guten Tag, ich hätte gern Ihren Sohn gesprochen, den Hans Eichel!»

Eichel antwortet mit fester Stimme: «Nein, das bin ich!»

«Da sehen Sie aber verdammt jung aus – im Fernsehen.»

«Danke. Was für eine Idee haben Sie? Wir nehmen alles.»

«Können Sie sich vorstellen, was eine Kanzlersouffleuse ist? Sie kennen doch George W. Bush. Da gibt es eine Szene in dem Film von Michael Moore, wo Bush diesen Knopf im Ohr hat. So was könnte der Schröder doch auch bekommen! Einen Knopf im Ohr, wie ein Steiff-Tier.» Ich stelle mir Gerd Schröder als Steiff-Tier vor.

Er beugt sich vor: «Und Sie sind der Knopf?»

Ich versuche, geschäftlich zu wirken: «Genau, damit er weiß, was er antwortet. Politiker können doch nicht immer gestochen scharf formulieren – das sind doch keine Fußballspieler! Und da kann eine Souffleuse helfen – mit einem Bonmot hier, einem Zitat aus einem aufgeschlagenen Zitatebuch da und natürlich mit langsam vorgesprochenen Reden – dann muss der Kanzler nicht ablesen. Ich kenne mich überhaupt aus mit Politik. Und einer Souffleuse kann man straflos alles nachsagen!»

Da hakt er ein und will es wissen: «Soso. Nennen Sie mir drei deutsche Kanzler!» Ich sage: «Herr Eichel! Sie wollen mich testen!»

Er rückt seine randlose Brille zurecht. «Ja.»

Ich grinse. «Es gibt nur einen! Der Rest ist a. D.»

Hans wiehert wie ein Rodeopferd. So langsam beginne ich, mich in Rage zu reden und Mut zu fassen. Schließlich lüge ich ihm ins Gesicht:

«Ich will endlich auch mal wirklich was tun. Nicht nur immer rumschwadronieren, sondern wirklich in die Politik eingreifen. Das ist doch so: Wir Bürger stehen immer an der Seite und maulen. Ich will mal wirklich was bewegen – Simone ist gefordert, unser Land mitzugestalten. Also habe ich gedacht: Ärmel hochgekrempelt, da machst du mit.»

Dann hat er mich lange angeguckt. Lange. Plötzlich sagt er:

«In Ordnung, Sie haben den Job! Melden Sie sich morgen bei der Kanzleramtsverwaltung!»

Ich bin platt, ich habe das getan, was die Regierung Schröder schon lange nicht mehr getan hat: Ich habe soeben einen Arbeitsplatz geschaffen!

Und dann hat er mich noch gefragt, ob ich mir vorstellen

könnte, ihm was zu flüstern. «Herr Eichel, ich bin ein anständiges Mädchen!», wollte ich erwidern, aber plötzlich geht die Tür auf, und ER kommt herein. Ich bekomme weiche Knie. Schröder sieht tatsächlich gut aus und gibt mir die Hand: «Guten Tag, junge Frau ... Sie erinnern mich an wen ...»

An wen denn?

«Ich komm nicht drauf ... Irgendwen, den ich regelmäßig ... Doris. Sie sehen aus wie meine Frau ... Nur ohne ... die ... die Dinger ...»

Die Dinger?

»Na, die Dinger da!» Er zeigt auf die Zähne.

Also allen, die auf den Schröder schimpfen, denen muss ich sagen: Der Mann hat was. Dass er mich mit Doris verwechselt hat – kann passieren. Dass er nicht immer genau weiß, auf welcher Veranstaltung er gerade ist – na gut, kennt man ja selber ... Jedenfalls kann ich mir bedeutend schlimmere Arbeitgeber vorstellen. Wenigstens hat der Kanzler diese großzügige Lässigkeit – der kann auch mal fünfe grade sein lassen. Nicht so wie der Eichel. (Eichel selber hat, wie ich später erfahren sollte, einen Souffleur, der ihm sogar den Kautschuk-Abrieb seiner Radiergummis nachweisen musste – wegen der Gegenfinanzierung. Und dann wurde Eichel selbst eingespart.)

Ich kann es nicht fassen: Mein Vorschlag stößt tatsächlich auf Begeisterung. Ich muss dann noch unterschreiben, mit niemandem «draußen» drüber zu sprechen. Klar, es sollen natürlich nicht alle wissen, dass manche Politiker mit einer Hirnkraft knapp über den lebenserhaltenden Maßnahmen arbeiten!

Keine Ahnung, wie ich finanziert werden soll, aber gut, die haben sich ja schon öfter verrechnet ... Abschließend muss ich noch ein weiteres Schweigegelübde ablegen, alles topsecret ... und bin engagiert! Kanzlersouffleuse! Wow!

Dass es heut noch so was Schönes gibt
Ich war sofort verliebt
Ganz verschwommen hab ich ihn gesehn
Noch so fern doch so schön

Langsam tänzelte er auf mich zu
Und sang sanft schubiduh
Dann stand er vor mir zum Greifen nah
Einfach so wunderbar

Wenn am Himmel der Große Bär steppt
Wenn der Mond mit dem Uranus rappt
Wenn sich Pluto und Venus verführn
Dann kann so was passiern

Viele ham so was noch nie gesehn
Doch vor mir blieb er stehn
Nie hätt ich geahnt dass ich das bin
Ja ich zerschmolz vor ihm

Er fiel mir ganz einfach in den Schoß
Nie mehr lass ich ihn los
Ja er ist der allergrößte Schatz
«Er» er ist ein Arbeitsplatz

Ja er riecht so nach früherer Zeit
So nach Rente und Sorglosigkeit
So nach Werkstor und morgens aufstehn
So nach Pause um zehn

So ein Arbeitsplatz mit allem dran
Viel mehr als sonst beim Mann
So ein Arbeitsplatz so stark und schön
Nie mehr lass ich dich gehn

+++ 22. Juni 2009, 15:56 Uhr, Leipzig, Altenpflegeheim +++

Ich besuche meine Oma im Altenpflegeheim. Sie ist mindestens 104 Jahre alt und genau das, wovor Rentenpolitiker so große Angst haben: rüstig. Gut, sie ist ein bisschen schwerhörig. Sagt sie. Andere würden sagen, taub. Meine Oma könnte man bei einem Konzert der Toten Hosen vor die Boxen stellen, und sie würde sagen: «Ich weiß nicht, Mone, ich habe den Eindruck, diese jungen Leute suchen heutzutage bei ihrer Musik viel zu sehr die stillen Ausdrucksformen.»

Ich hatte ihr zum 100. Geburtstag eine Karte für ein Konzert mit Rosenstolz in der Stadthalle Magdeburg geschenkt. In der Pause ist sie gegangen.

»Manche Songs muss man zweimal hören, manche Menschen zweimal sehen, um sie zu mögen. Manche Songs und Menschen gehen einem aber gleich auf den Sack.»

Meine Oma stammt eigentlich aus Russland und ist 1917 mit der letzten überlebenden Zarentochter vor der Roten Garde geflohen. Über Warschau, London, Nizza ins Altenheim bei Leipzig.

Omas Tagesablauf ist bestimmt von AGs. Töpfer-AG, Qigong-AG, Sex-im-Alter-AG. Und sie veranstaltet öffentliche Rollstuhlrennen. Mit den Zivis. Indoor – in der Kantine. Sie ist bekannt als Oma Schumacher. Wobei sie immer betont: «Ich halte es eher mit diesem Rubens Barrichello. Der wirkt heißblütiger. Dieser Schumacher sieht aus wie mein bofrost-Mann. Immer etwas unterkühlt.»

Der bofrost-Mann – neben mir der einzige wichtige Sozialkontakt außerhalb des Heims. Bei dem bestellt sie immer diese Tiefkühltorten, die sie mir in ihrer Kochnische auftaut, wenn ich sie besuche: «Iss, Mone, sonst kann ich meine Männerbekanntschaft nicht aufrechterhalten», sagt sie immer.

Als ich komme, sitzt sie kerzengerade in ihrem Lehnstuhl, als hätte sie mich erwartet, zündet sich gerade eine filterlose Zigarette an und steckt sie in ihre Zigarettenspitze. Und tut das, was sie am liebsten tut: monologisieren.

«Da geben sie mir ein Nichtraucherzimmer! Ich muss hier mit Mumien Canasta spielen, die sich nicht einmal die Grundregeln merken können. Die Schwestern sind dumme Gänse und die Pfleger freche Kerle, die meinen eigenen Wodka vor mir verstecken. Und immer, wenn sie das Aquariumwasser wechseln, gibt's am nächsten Tag Fischsuppe.»

Sie stößt den Rauch in die Luft und blättert in ihrer Zeitung. Ich öffne das Fenster.

«An der Uni Bochum hat man jetzt entdeckt, dass Vögel ein zweites Gleichgewichtsorgan haben. Wusstest du das?» Ich schüttele den Kopf. «Das sorgt dafür, dass Vögel nicht von der Stange fallen. Jetzt ahne ich, was dem Tiefensee eingepflanzt worden ist, damit er weiter zur Stange hält ...»

Ich verziehe die Mundwinkel, als sei ich Angela Merkel, schließe das Fenster und reiche ihr den Aschenbecher. Ich habe ihr, wie versprochen, noch zwei neue Flaschen Gorbatschow mitgebracht. «Mone, was heißt ‹Herzleiden› auf Russisch?»

Ich schüttele den Kopf.

«Leberzirrhose.»

«Oma, du siehst blendend aus.»

«Wie?»

«Du siehst blendend aus!»

«Ich versteh dich nicht!»

«Ob es dir gutgeht.»

«... Du hattest doch eben was anderes gefragt ...!?»

Ich schaue in ihren Kühlschrank und nehme nichts.

«Mone, das Altersheim ist mein zweiter Frühling! Schau dir die jungen Servildienstleistenden an. So devote Männer hatte ich in meinem ganzen Leben nicht. Manchmal gehen sie etwas forsch ran – aber sie haben offiziell nur 3 Minuten und 30 Sekunden für uns. So steht das im Betreuungsplan: Zwischenmenschlicher Kontakt pro Bewohner 3 Minuten 30. Bei mir geben sie sich etwas mehr Mühe. Manchmal muss man sie aufmerksam machen: Junger Mann, Sie vergeuden schon 70 Sekunden zu lange an mir! Aber ich sage dir, auch das ist vergänglich. Irgendwann ziehen sie so oder so weiter – so sind die Männer!»

Ich will ihr von meiner Idee, Kanzlersouffleuse zu werden, erzählen.

«Was hast du seit gestern getrieben?», fragt sie mich plötzlich.

«Gestern? Ich war das letzte Mal vor zwei Monaten hier.»

«Für mich ist das gestern.»

«Ich war in Berlin, Oma. Ich werde Mitarbeiterin des Kanzlers.»

«Welcher Kanzler?»

«Schröder, Oma.»

«Der sagt mir nichts. Muss ich den kennen?»

Ich schweige.

«Ich bin 200 Jahre alt. Ich habe den Zaren erlebt, ich habe Hitler erlebt, ich habe Ulbricht erlebt, ich habe Honecker erlebt und diesen Dicken – Kohl hieß er.»

«Und, wer war dir am liebsten?»

«Egon Krenz. Der war am kürzesten da.»

Nachdem jetzt klar ist, dass ich den Job als Kanzlersouffleuse antreten werde, steht eine wichtige Veränderung in meinem Leben an. Ich muss umziehen. Nach Berlin. Nicht, dass dieser Umzug mir sonderlich schwerfällt.

Hier in meiner Wohnung gibt es auf einem Stockwerk drei Parteien. Links die Dommlers, die sind ruhig, rechts die Kraschnas, das sind Ausländer. Die kommen aus Stuttgart. Das sind Schwaben, und die heißen Kraschna! Ist doch eigentlich eine Unverschämtheit. Als damals der Krieg losging, im Kosovo, hab ich denen ein paar alte Kleider vor die Tür gelegt, man will ja helfen, da haben die vielleicht geschimpft und geschrien! Ich habe denen gesagt, sie können die Sachen ruhig ihren Verwandten in der Heimat zukommen lassen! Die waren so etwas von entrüstet.

Die haben richtig Terror gemacht.

Ja, wenn man in ein Mietshaus zieht, muss man eben vorher genau schauen, wer da wohnt. Und man muss das Umfeld erkunden, wie ein Pionier Brückenköpfe bauen. Mal ganz unauffällig einkaufen. Auf der Straße jemanden nach dem Weg fragen.

Ich wollte früher schon mal nach Berlin ziehen. Und da hab ich vorher auf der Straße einfache Leute gefragt. Einfach nur nach dem Weg. In Berlin – auf der Straße. Danach wollt ich nicht mehr nach Berlin ziehen. Also man muss schon untersuchen, wie die Eingeborenen dort reagieren, wo die neue Wohnung sein könnte. Man ist ja erst mal fremd.

Und wenn in dem Viertel viele Ausländer wohnen, ist das ja gut und schlecht. Gut ist ein hoher Ausländeranteil schon wegen des Einkaufens. Der Türke hat den besten griechischen Schafskäse, der Portugiese stellt das Obst nicht auf die Straße, wegen der Autoabgase. Der Türke ist oft ein Kurde, und die Verkäuferin beim Italiener kommt aus Pakistan. Aber der Nachteil ist, dass viele Ausländer auch sehr laut sein können. Das ist die Schattenseite von dem Gut-Einkaufen. Du hast leckeren Schafskäse im Kühlschrank, aber von draußen kommt ein Heidenlärm.

Zum Beispiel lassen Türken und Italiener gern das Fenster auf, auch wenn's noch so kalt ist. Der Italiener lässt das Fenster auf, weil er glaubt, dass dann der Empfang bei seinem Handy besser ist. Er muss ja nach Italien telefonieren! Oftmals hat man den Eindruck, dass sie ihr Land bei offenem Fenster gleich ohne Mobiltelefon erreichen wollen ...

Die Frau Gröber, die über mir wohnt, ist 86 Jahre alt und hat mir mal erzählt, dass sie in diesem Haus geboren wurde. Sie ist in ihrem Leben nur einmal umgezogen. Einmal. In ein anderes Stockwerk. Als ich sie fragte, wie es denn dazu gekommen war, sagte sie: «Tja, Zigeunerblut!»

Wegen ihrer Erfahrungen darf ich mir jetzt Tipps bei ihr holen. Das hat sie so angeboten. «Frau Solga, bei einem Umzug braucht es eine Strategie, eine gute Strategie ... wie bei einem Krieg.»

Ich finde, so ein Umzug erfordert noch viel mehr Aufwand. Soldaten – die ziehen ja nicht um, die ziehen bloß ins Feindesland, machen da alles kaputt und gehen dann wieder heim. Die wollen ja da auch nicht wohnen, wo sie alles kaputtgemacht haben. Wenn ich wohin umziehe, dann will ich da auch bleiben. Auch wenn es erst mal Feindesland ist, wo du hinziehst. Wenn man nicht aufpasst, kann so ein Umzug ausarten in eine humanitäre Katastrophe. Nachbarschaft – schön und gut. Aber die meisten Morde passieren direkt in der Nachbarschaft, weil die Leute sich kennen. Man bringt doch keinen um, den man nicht kennt. Nachbarschaftshilfe kann auch oft eine Drohung sein: «Ich wird dir helfen!» Es gibt Nachbarn, die gehen einem direkt an die Menschenrechte ...

+++ 26. Juni 2004, 0:56 Uhr, Künstlerwohnung +++

Endlich auf zu neuen Ufern. Die Sache mit Mario war sowieso nur noch eine einsilbige Angelegenheit, seine Denkmalstätigkeit schlägt immer mehr auf das Privatleben durch. Als ich ihm gestern gesagt habe, dass Schluss ist, nahm er es völlig versteinert hin.

Aber eins werde ich vermissen. Sein Schnarchen. Wahrscheinlich werde ich jede Menge Schlaftabletten brauchen, weil es dann so ruhig ist. Und wo krieg ich die Schlaftabletten her? Wieder aus der Apotheke?

Das wird ein Riesenumgewöhnungsprozess. Hier im Viertel hatte ich schließlich meine Stammapotheke. Als Frau geh ich ungern oder selten abends allein in die Kneipe. Da hab ich mir als Kneipenersatz die Apotheke ausgesucht. Die Engel-Apotheke.

Wenn man Stammgast ist, dann wird man auch mal nachts hinten reingelassen, wenn die Nachtdienst haben in der Engel-Apotheke. Die Normalen werden draußen bedient und bekommen dort ihr Gift durch so eine kleine Klappe gereicht. Weil es immer mehr Drogenabhängige gibt, die mit Gewalt an den Stoff ranwollen. Da kann's passieren, dass die Manzonis, weil zu Hause der Grappa alle ist und die Oma den ganzen Klosterfrau Melissengeist gesoffen hat, mit dem Messer nachts in die Apotheke rasen, um ein Alkoholersatzmittel zu fordern. Die Leute haben kein Geld mehr für Champagner, drum kommen die in die Apotheke und verlangen was gegen Husten. Im Esberitox sind 29 % Alkohol. Das haut rein wie Stroh-Rum.

Hinten im Kabuff, da machen wir es uns immer richtig gemütlich, die Frau Engel und ich. Ich weiß gar nicht, wie sie heißt, aber für mich ist das die Frau Engel von der Engel-Apotheke.

Wir haben einen Spezialcocktail: Echinacin auf Aspirin an Multivitamin mit einem Dressing aus Captagon und im Mörser zerstößelten L-Thyroxin 100, das ist ein Mittel gegen den

Kropf, wegen der Schilddrüse, das geht auf dem Land weg wie gesunde Aufbaustoffe bei der Tour de France.

Ob ich wohl in der neuen Umgebung wieder eine Stammapotheke finde? Aber das ist ja wie mit der Familie: Wenn man sich trifft, wird man sentimental und verspricht, sich bald wieder anzurufen. Kaum bist du zu Hause, fragst du dich stundenlang, über was man reden könnte mit der Verwandtschaft, wenn man sie jetzt anrufen täte. Und dann tut man's nicht.

Die Frau Engel und ich, wir haben uns versprochen, dass wir in Kontakt bleiben und uns anrufen – aber so redet man immer, wenn man eigentlich jemanden nicht mehr sehen will.

Du schnarchst ja nur aus lauter Liebe
Du willst mich einfach nur betörn
Liebe geht nicht nur durch den Magen
Lass dein Gaumensegel sagen
Diese Nacht soll uns gehörn

Du schnappst nach Luft, ich schnapp nach Liebe
Du wälzt dich weg, ich wälz mich her
Du kannst beim Schnarchen sogar singen
Lass die Rachenmandel schwingen
Niemand soll uns dabei störn

Ich bin den ganzen Tag so müde
Ich trinke, dass ich schlafen kann
Ich wandre aus und geh aufs Sofa
Du bist lauter als ein Mofa
Schnarchst so wild, das macht mich an!

Du schnarchst ja nur, mich zu beschützen
Ich weiß genau, dass du das musst
Deine Nasenschleimhaut rattert
Deine Nebenhöhle knattert
Deine Mandel, die vibriert
Und dein Gaumensegel klirrt
Und dein Zäpfchen, das springt hoch
Wie das Haar im Nasenloch
Ich schau dir in dein Gesicht:
Schnarche weiter – oder nicht!

+++ 1. Juli 2004, 10:55 Uhr, Kanzleramt +++

An meinem ersten Arbeitstag erwartet mich eine große Überraschung und Ernüchterung zugleich. Ich muss zu meinem Erstaunen feststellen, dass ich überhaupt nicht die erste Souffleuse bin, die Schröder beschäftigt. Da gab es schon Vorgänger! Dabei hatte ich doch das Gefühl, ich hätte den Job neu erfunden.

Warum hat Eichel mir das nicht gesagt?

Eine gewisse Colette von Uelzen empfängt mich mit gefrore-

nem Lächeln direkt am Eingang: «Guten Tag, von Uelzen, ich bin die Bereichsleiterin für die Abteilung Souffleusen.»

«Bereichsleiterin? Ich dachte, das mit der Souffleuse wäre neu ...»

«Neu? Kindchen, Gott wie naiv, wo denkst du hin? Schröder hatte schon massenhaft Einflüsterer. Der erste Schrödersouffleur war ursprünglich gemeinsam mit Schröder Juso gewesen und hat ihm viel zu lange die linken Positionen aus den 70ern ins Ohr geflüstert. Der Mann soll heute angeblich Karriere bei der Linkspartei machen. Ein weiterer Souffleur war ein Vertrauter von Hillu Schröder und ist mit ihr gegangen. Die Behauptung, er hätte sogar ein Verhältnis mit Hillu gehabt und ihr über den unwissenden Schröder heimlich Liebeserklärungen zugeflüstert, gehört aber wahrscheinlich in die Fabelwelt. Die letzte Souffleuse war ... ich.»

«Und warum nicht mehr?», frage ich unbedarft.

«Ich ... ich spreche ihm immer zu gewählt, wissen Sie. Ich bin Schröder nicht proletarisch genug. Er hat gesagt: ‹Die ist was für den Bundespräsidenten, aber nicht für mich!› Inzwischen bin ich aber zur Souffleusen-Fachbereichsleiterin ernannt worden.»

Also wegbefördert, denke ich.

«Du musst dir das so vorstellen, Kindchen: Die Politiker haben einen kleinen Lautsprecher im Ohr, und da spricht ihnen der Souffleur aus einem zugeschalteten Raum oder Ü-Wagen direkt den vorgeschriebenen Text ins Ohr. Die Reden wirken spontan, sind es aber nicht. Sie kommen natürlich von Redenschreibern. Man denkt immer, die Politiker sprechen alle druckreif ... Ja, weil es andere gibt, die drucken spruchreif.»

+++ 16. Juli 2004, 11:37 Uhr, Kanzleramt +++

Wahnsinn! In den 80ern hab ich noch als FDJlerin für den revolutionären Kampf der Genossen in Angola gesammelt, war Pionier, Aktivist und Brigadeleiterin – und jetzt bin ich die Frau im Ohr des Kanzlers. Das hätte sich Markus Wolf nicht besser einfallen lassen können.

Ich kann es gar nicht fassen: Die kleine Simone arbeitet im Kanzleramt. Mitten im Zentrum der Macht – mitfahren in den Staatskarossen, Blaulicht, nur weil man bei den Wichtigen ist. Internationale Staatsgäste kennenlernen, große Bälle und Empfänge feiern, prickelnde Staatskrisen hautnah miterleben – eine Mischung aus Spannung, Glamour und ... Currywurst – ja: Currywurst jetzt wegen Schröder. Er isst die doch so gerne.

Ehrlich gesagt: Außer Currywurst stimmt da nichts von. Im Kanzleramt wird man zwangsläufig depressiv. Ein Ort, wo es in den letzten Monaten so viel zu lachen gab wie nachts auf dem Wiener Zentralfriedhof.

Das ist ein Eldorado der Durchhalteparolen, gegen die Stimmung da war der Führerbunker im Mai 45 ein Hort der Zuversicht. Die schlechte Stimmung könnte nicht mal Bruno Ganz nachspielen. Jetzt höre ich mich früher immer sagen: Wieso, Fischer, Schröder und Konsorten, die lachen doch immer, wenn man die im Fernsehen sieht! Das wird ihnen durch Lachtrainer antrainiert. Ernsthaft! Die tun nur so, als hätten die gute Laune! In Wirklichkeit herrscht da Angst ... nackte Angst vorm Wähler!

Am Anfang meines Praktikums im Kanzleramt lerne ich Stück für Stück den wahren Alltag von Gerhard Schröder kennen. Also: Industriebarone treffen, Händeschütteln, chinesische Delegationen empfangen, Händeschütteln, mit Doris über die Erziehung sprechen, Händeschütteln. Das ist ja die Haupttätigkeit von Politikern: Händeschütteln. Das müssen die richtig trainieren: wie feste man schüttelt, fest genug, sodass man entschlossen wirkt, aber auch nicht zu fest, weil man sonst zu verkrampft daherkommt. Und dann muss ich noch mein Soufflieren perfektionieren …

Da sitzen wir den ganzen Tag im kalten Übertragungswagen, in unseren Alltagsklamotten, und machen quasi Weltpolitik.

Manchmal, wenn das mit dem Ü-Wagen nicht geht, sitze ich auch in so Miniräumen direkt unter dem Rednerpult. Klein, eingezwängt. Seitdem habe ich auch Rückenprobleme. Das muss man sich mal vorstellen, eigentlich bin ich doch Cellistin, aber statt auf die Bühne zu gehen, krabbele ich in kleine Räume und sage jemandem was vor. Das ist doch wie ein Formel-1-Fahrer, der plötzlich gezwungen wird, ein Pizzataxi zu chauffieren. «Tag, Herr Alonso, sagen Sie mal, da stimmt was nicht, wir hatten aber noch eine Portion Pizzabrötchen mit Kräuterbutter zusätzlich bestellt!»

Das Schlimmste ist das Warten. Meistens sitze ich in der Kanzleramtskantine und erwarte dort meine Einsätze. Ich has-

se Kantinen grundsätzlich. Harte Stühle. Schlechter Kaffee. Schlechte Küche.

Manchmal haben sie auch Mottotage. Zum Beispiel: «Altkanzlergerichte». Da steh ich dann in der Schlange und kann mich nicht entscheiden zwischen Pfälzer Saumagen, rheinischem Sauerbraten und Bismarckhering – Saumagen ist klar, das war Kohl, beim Sauerbraten habe ich auf Adenauer getippt, aber bei Bismarckhering ist mir nicht klar, ob die das auf Reichskanzler Bismarck beziehen oder auf das Lieblingsessen von Helmut Schmidt. Wahrscheinlich ist Schmidt gemeint: In Berlin muss immer alles ausgewogen sein, und bei zwei CDU-Kanzlern musste da die SPD wenigstens einmal dran sein. Also stehe ich vorgestern mal wieder in der Schlange und überlege, ob ich ein schwarzes oder ein rotes Gericht zu mir nehme.

«Können Sie sich nicht entscheiden, schöne Frau?»

Ich drehe mich um – und da ist niemand, erst einen halben Meter tiefer ist ein kleines dickes Männchen zu erkennen.

«Tach, mein Name ist Stock, Werner Stock, Chauffeurabteilung! Und Sie?»

«Souffleuse.»

«Verstehe. Vornehm, vornehm. Wir sind ja bloß Fahrer, aber ich sag mal, verdienen tuste eigentlich nicht schlecht. Und das ist ja auch nicht mein einziges Standbein. Bin ja nicht auf den Kopf gefallen. Nick-nack.»

Ach du je – Stock gehörte offensichtlich zu den Leuten, die einem ungefragt erst mal alles erzählen. Jetzt musste ja zwangsläufig noch das zweite Standbein folgen, wo mich doch schon das erste nicht interessiert hat.

«Ich berate nebenher noch in Versicherungen. Das ist auch mein eigentlicher Job. Versicherungen. Aber heute reicht ein Job ja nicht mehr. Und wo wir schon mal dabei sind: Wie sieht denn Ihre Altersabsicherung aus?»

Wupps, da hat er die Frage gestellt, auf die 100% aller Deutschen mit allergischen Reaktionen reagieren. Ich spürte auch schon irgendwelche Pusteln aufkommen.

Ich stammele: «Denkste nicht ans Alter, bleibst du ein Eintagsfalter.»

«Der ist gut, junge Frau, den muss ich mir merken! Ich sag meinen Leuten immer: Denkt an eure Altersabsicherung.»

Das ist den meisten ohnehin klar. Wir sind wahrscheinlich die erste Generation, die sich mit den Mitteln des bewaffneten Kampfes die Rente erkämpfen muss. Da müssen wir mit aufgepflanztem Bajonett die Rentenkassen stürmen, sonst lassen uns die putzigen Kids von heute am langen Arm verhungern. Verbitterte Alte werden die neue RAF, die Rentner-Armee-Fraktion, gründen.

Und dann stehen all die mir bekannten Politiker aus dem Fernsehen vor mir in der Schlange, um sich ihr Essen abzuholen. Viele sind persönlich gar nicht so übel. Gut, der Stoiber schon. Aber die Merkel zum Beispiel, wenn man die so in der Bundestagskantine trifft – eigentlich ganz nett. Wir tauschen manchmal sogar die neuesten Brigitte-Rezepte aus – sie kommt

ja nicht so oft dazu, die Brigitte zu lesen, sie muss ja immer die Süddeutsche und den Spiegel durcharbeiten und die BILD – also sich die Überschriften angucken … Die Merkel kann auch mal lachen, sogar über sich selbst. Zum Beispiel hat die bei diesem Frühstück damals mit dem Stoiber, den die übrigens auch eher unsympathisch findet, da hat die mit ihrem Joghurt gekleckert, auf ihren Hosenanzug – so richtig schwups, einen ganzen Löffel. Und da hat die sich die ganze Zeit Sorgen gemacht, ob die Journalisten sie bei der Pressekonferenz fragen: Warum haben Sie denn da so einen Fleck? Zum Glück hat das dann keiner gefragt, und dann ging das auch alles viel leichter mit den Fragen zur Kanzlerkandidatur.

+++ 22. September 2004, 21:00 Uhr, Dienstreise irgendwo +++

Schröder und ich sind viel unterwegs. Ich halte, sooft ich kann, Ausschau nach seinem Bodyguard. Vitali hat mich von Anfang an sehr beeindruckt. Stoisch-undurchsichtige, würdige Erscheinung, dabei super durchtrainiert und in der Liebe wahrscheinlich animalisch. Ein Kosakensturm. Dagegen war Mario ein vogtländischer Landsturm. Vitali war vor Jahren ein Gastgeschenk. Vom lupenreinen Demokraten Putin an seinen Freund Gerhard Schröder höchstpersönlich. Putin hatte sich gedacht: «Wodka, Zobelmützen, Tschaikowsky-CDs, das hat der Gerd alles schon. Wie wär's mal mit einem original russischen Bodyguard?!» Er wurde dann Ostern geliefert und sprang aus einem Zwei-Meter-Fabergé-Ei aus Pappmaché.

Er fand seinen Job nie besonders gefährlich, aber ich kann es beurteilen: Die Anzüge leiden. Der größte Finanzposten des Sicherheitsdienstes sind nicht neue Waffen oder die Besorgung neuer schusssicherer Westen, sondern die Reinigung.

Die ganzen Eier, die bereits auf Schröder geworfen worden sind – was hätte man da schöne Omeletts draus machen können! Ich liebe ja Omeletts, Vitali übrigens nicht mehr.

Vitali war also früher in Putins Palastgarde und hat interessante Verhörmethoden gelernt. Als der angefangen hat, war er noch ganz auf die russischen Verhältnisse geeicht: Als der Thierse das erste Mal ins Kanzleramt kam, hat Vitali den erst mal in den Schwitzkasten genommen, als potenziellen Terroristen – in Russland hätten die so was nie in den Palast gelassen … und als er einmal Bütikofer im Heizungskeller festgekettet hatte und ihn ausfragen wollte, welche Spitzel er noch mitgebracht und wo er die Bomben versteckt hätte, da hätte er fast den Job verloren.

Aber er hat ihn behalten.

Paris, London, New York, Moskau ... Ich kenne inzwischen alle Flughäfen dieser Welt, alle Staatschefs, alle Dolmetscher, alle Hotels.

Und immer wenn ich Heimweh habe, versuche ich, mir einen Reim auf die Welt zu machen:

Schon kommt sie hoch, die Schwermut
Nach meinem Land, so weit, so gut,
Nach diesem Riesen-Wurstregal
Nach schlechtgelauntem Personal
Nach diesem dunklen Bauernbrot
Nach diesem Park voll Hundekot
Nach diesem dünnen Brühkaffee
Da krieg ich Heimweh ...

Mit diesem Talent habe ich auch den Kanzler zum zweiten Mal gerettet – bei dem Bankett nach der Sicherheitskonferenz. Nachdem ich den ganzen Nachmittag in der Kantine auf Horchposten war, kommt endlich ein Bodyguard – so ein kleiner, fieser, vierschrötiger, kein Vergleich mit meinem Vitali – und bugsiert mich in eine Limousine. Im Kanzleramt ist schon das Buffet aufgebaut, und der Küchenchef des Kanzlers weist mir meinen Platz an – aber nicht bei Tisch, sondern in einer großen Deko-Eisbombe. Ja, an den Tisch dürfen nur die Dolmetscher, die gibt es offiziell. Aber ich Souffleuse friste ein Schattendasein, manchmal versteckt hinter Wandbehängen, getarnt als Topfpflanze oder eben versteckt in einer Eisbombe. Diese gehört – ein interessantes historisches Detail – dem Auswärtigen Amt und war bereits seit 1938 als Souffleusen-Tarnplatz im Einsatz. Nur die Sahneverzierungen ändern sich natürlich, weil die immer frisch aufgetragen werden. Da drin kauere ich also mit meinem Sendegerät und warte auf Gerd mit dem Knopf im Ohr und seine Staatsgäste. Bei den Trinksprüchen kommt meine große Stunde. Der Kanzler erhebt sein Glas auf einen ständigen deutschen Sitz im Sicherheitsrat, um bei Condoleezza Rice Eindruck zu schinden. «Ein Friedenstoast», sagt er, und schon, sehe ich durch mein mit einer Ananas getarntes Guckloch, dass das bei Condi gar nicht gut ankommt. Aber Schröder redet weiter, vielleicht angesäuselt vom Tafelwein oder von einer Art altlinker Resthumanität:

«Der Buddhist sagt: Om. Der Jude sagt: Schalom.»

So weit noch okay, aber dann: «Der Moslem sagt: Salaam ...»

Da verengen sich Condis Augen zu kleinen Schlitzen, der Kanzler bemerkt es und stockt, Joschka Fischer tut, als würde er sich die Schuhe binden. Alle Delegationen halten den Atem an. Ich überlege verzweifelt, wie ich einen Reim auf die Welt machen könnte, der den Amerikanern gefällt. Ich brauche noch einen Augenblick Zeit: «Fangen Sie nochmal an, Herr Kanzler!» säusle ich ins Mikro.

«Hm, ja, äh ...
Der Buddhist sagt also: Om.
Der Jude sagt: Schalom.
Der Moslem sagt: Salaam –
Ja, und der Christ bombt alle zamm.»

Stille. Dann ein leises Kichern von Condi. Ihre Berater fallen ein. Bald hallt der ganze Speisesaal vor dröhnendem Gelächter. Deutschlands Sitz im Sicherheitsrat ist in greifbare Nähe gerückt.

Der Kanzler macht einen Dufte-Daumen in Richtung meiner Eisbombe, und ich versuche mich zu entspannen – da rumpelt ein russischer Militär auf der Suche nach Wodka an mein Versteck. Der Deckel fällt, die Bombe kippt vornüber, ich falle vor die Augen der Welt und starre in die sofort gezückten Waffen von 30 Bodyguards, die alle nicht halb so gut aussehen wie Vitali. Doch jetzt ist keine Zeit zum Schwärmen. Wie kann ich diese Situation noch retten?

Ich verbeuge mich wie ein Artist im Zirkus, und dann greife ich zu dem nahestehenden Cello einer verdutzten, langzopfigen Musikerschnepfe, die eigentlich für die Tischmusik zuständig ist. Und ich fiedle um mein Leben irgendwas von Holzmicheln, Ruinen und Einigkeit und Recht auf Freitag. Ich spiele, ohne mit der Wimper zu zucken, den letzten Ton. Es folgt ein erlösender Beifall für diese außergewöhnliche Showeinlage. Schröder ist verblüfft, und ich beantrage am nächsten Morgen eine Gehaltserhöhung bei Hans.

+++ 16. Oktober 2004, Kanzleramt, Frühstückszimmer +++

Heute findet ein informelles Treffen auf höchster Ebene statt. Ein Gespräch zwischen Schröder und Angela Merkel. Sie treffen sich zum Frühstück. Es ist alles minutiös vorbereitet. Schon die Einladung zum Frühstück war als Provokation gegen Merkel gemeint, weil es an das Frühstück von ihr und Stoiber erinnert.

Aber Merkel ist nicht auf den Kopf gefallen und bedankt sich schriftlich für die Einladung, die sie als «Kommunikationsbrunch» tituliert. Jeder der beiden Politiker nimmt sich beim Brunch, was er braucht, heißt es in ihrer Pressemitteilung. Also findet das Treffen mit Souffleuren statt.

Alle sind aufgeregt. Münte hat vorher extra dafür gesorgt, dass Schröder bei dem Gespräch in einem ganz leicht erhöhten Sessel sitzt. Aber Merkel hat sich ein Sitzkissen mitgebracht unter dem Vorwand, sie hätte es im Rücken.

«Ach», souffliere ich Schröder, «Sie haben Probleme mit dem Rückgrat?»

Das Absurde an der Situation ist, dass die Kanzleramtsverwaltung mich mit Merkels persönlichem Souffleur direkt nebeneinander in einem Übertragungszimmer untergebracht hat.

Er, also sie, also Merkel, nimmt Schröders listigen Hinweis locker: «Rückgrat? Etwas, was Sie nicht kennen, nicht wahr? Ihnen fehlt doch dieser Körperteil komplett, oder?»

Ich spüre Schröder förmlich explodieren. Der Merkel-Souffleur zieht eine blöde Grimasse, die seinen Triumph widerspiegeln soll. Wie soll ich jetzt reagieren: Arschloch kann ich wohl kaum sagen. Also halte ich mich zurück. Ich muss erst mal kleine Brötchen backen: «Ein Ei?»

«Die erste runde Sache aus Ihrer Hand, Herr Kanzler!»

Mein Gott, was ist denn das für ein Kollege? «Sehen Sie mal,

was alles passieren kann, wenn ihr Konservativen mich nicht immer blockiert! Schon werden die Sachen rund und schmecken besser!»

«Geschmackssache!»

«Ich mache keine Politik für Gourmets, ich mache Politik fürs Volk!»

«So, Sie sprechen dem Volk den guten Geschmack ab?»

Will der Typ mich provozieren? Blödmann. Was soll ich sagen? Selten, dass meine Schlagfertigkeit so auf den Prüfstand gestellt wird. In diesem Moment gibt es ein lautes Knacken. Schröder legt den Mann im Ohr zur Seite sagt: «Sag mal, Angie, wollen wir hier frühstücken oder dumm rumlabern – lassen wir doch den Scheiß!» Findet Angie dann auch, nimmt auch den Lautsprecher ab – und die beiden fangen an, entspannt zu frühstücken.

Und wir oben im Übertragungszimmer können gemütlich eine rauchen. Thomas heißt der Souffleur von Merkel. Eigentlich Germanist. Wir vertragen uns dann eigentlich auch ganz gut – wie Merkel und Schröder bei ihrem Frühstück.

Es ist schon interessant: Persönlich haben die gar nichts gegeneinander – die müssen eigentlich immer nur so tun. Beide wollen ja eigentlich dasselbe: Kanzler sein! Geht halt nur nicht zusammen.

+++ 5. Dezember 2004, 15:06 Uhr,
Kanzleramt, Wohnung des Kanzlers +++

Im Kanzleramt ist es manchmal sehr anstrengend. Viel Aufregung entsteht auch durch Viktoria, das Russenkind. Schröders Adoptivkind. Die haben wohl so eine Angst vor ihrer eigenen Rentengesetzgebung bekommen, dass sie glaubten, dringend eigenen Nachwuchs kriegen zu müssen.

Das ist eine sehr interessante Kindheit, die Viktoria da bei Kanzlers erlebt. Manchmal kommt Onkel Münte und bringt Lakritzschnecken mit; und Mama wird ganz sauer, wenn Viktoria mal aus Versehen Kakao über den Gesetzentwurf zur Neuregelung der Geflügelordnung gekippt hat.

Das Schönste für sie ist das Fangenspiel, wenn das ganze Kanzleramt mitspielt. Schröder steht dann vor der Wand und ruft: «Eckstein, Eckstein, alles muss versteckt sein! Über mir, unter mir, ich komme!» Mama hat sich hinter der Adenauerbüste versteckt, Onkel Münte hinter der Yuccapalme – «Mensch, Münte, das ist ja ein Scheißversteck!» –, und die Kleine steckt in dem Wandschrank mit den Staatsgeheimnissen ...

Schröder muss suchen. Als Erstes findet er den Benneter, der hat immer dasselbe Versteck, damit Schröder nicht so doof dasteht. Ganz anders Schily, der arbeitet mit fast unfairen Mitteln, lässt sich von seinen Mitarbeitern die besten Verstecke im Kanzleramt sagen.

«Mann, wo steckt ihr denn – das macht doch gar keinen Spaß!»

Benneter hilft: «Chef, ich glaube, ich habe den Clement da hinter den Arbeitslosenstatistiken gesehen.»

«Deswegen werden die immer höher, was, Wölfi?»

«Ach, ist doch scheiße, wenn der Benneter dir immer hilft.»

«Ja, Clemmi, so ist das eben, ich habe meine Behörde im Griff. Anders als du und deine Agentur für Arbeit! Im Übrigen – sonst

kann der doch nichts, der Benneter!» Manchmal werden auch Leute von der Opposition angeheuert. Wobei Westerwelle dann lieber Blindekuh spielt. Und die CSUler Topfschlagen – da dürfen sie im Kanzleramt endlich mal um sich hauen!

«Fang mich doch, du Eierloch! Fang mich doch, du Eierloch!»

«Meint die mich?»

«Nein, Westerwelle, die meint mich. Wo ist denn meine Kleine? Ich krieg dich ganz bestimmt, ich bin der mächtigste Mann Deutschlands, hehe.»

Nach einer halben Stunde hat er meistens das Interesse verloren, und dann müssen die Bodyguards ran, weil Viktoria immer neue ausgefallene Verstecke findet. Wenn Vitali sie dann nach Stunden irgendwo im Zuleitungsschacht findet, hält Viktoria sich den Finger vor den Mund und sagt: «Vitali – niecht sprechen!» Das ist die russische Seele, das geht nie raus.

+++ 21. Dezember 2004, 21:20 Uhr, Kanzlerwohnung Hannover +++

Man erlebt schon ziemlich viel Privates, wenn man so dicht beim Kanzler lebt. Gestern hat Müntefering mich zu ihm bestellt. Er wollte, dass ich bei einem ganz privaten Anlass souffliere.

«Doris macht Zicken, sie will nicht mit auf die Chinareise.»

Heute wollen die beiden sich aussprechen, und ich soll dabei sein. «Frauengedöns, da muss jemand helfen!», soll Schröder gesagt haben.

Jetzt sitze ich also in Hannover im Kabuff unter der Treppe und habe eine kleine Kamera mit Blick ins Wohnzimmer. Doris kommt rein.

Ich fange an und souffliere Gerhard nicht nur, was er sagt, sondern auch alle seine Bewegungen: «Aufstehen, angucken, jetzt: Guten Tag, mein Liebling! Schön! ... Nicht nervös werden, wenn sie nicht antwortet, lächeln ... nein, nicht das Angela-Merkel-ist-da-Lächeln. Sondern mehr das Parteitagslächeln. Pause machen, kommen lassen. Jetzt: Schöne Frisur! sagen. Was hat sie gesagt? Sie war nicht beim Frisör? Wer hat mich hier so beschissen gebrieft? Sagen Sie: Dann sind es deine schönen Augen, die mich so faszinieren! Gut, das hat sie irritiert, jetzt souverän werden. Sagen Sie: Liebling, was soll ich ohne dich in China machen? Fragen Sie, warum sie nicht will, Sie hätten den Eindruck, dass sie sich vernachlässigt fühlt. Man könnte sich da wieder mal näherkommen – jetzt das spitzbübisch gewinnende Lächeln.»

Doch es hilft nichts. Doris bleibt hart: «Gerd, Montag ist Elternsprechtag von Viktoria. Sie hat eine Fünf in Deutsch! Da kann ich doch nicht nach China fahren.»

Jetzt hält sich Gerd nicht mehr an meine Vorgaben und rastet aus: «Eine Fünf in Deutsch. Es geht um eine Reise in das bevöl-

kerungsreichste Land der Welt. Eine Fünf auf dem Zeugnis von Viktoria ist politisch so wichtig, wie wenn in China ein Sack Reis umfällt.»

Das mit dem Sack Reis in China passt zwar irgendwie zur Chinareise, er hätte es aber trotzdem nicht sagen sollen. Doris stellt auf stur.

+++ 3. Januar 2005, 15:55 Uhr, Kanzleramt +++

Gerhard sucht eine Möglichkeit, mich mit dem grünen Koalitionspartner vertraut zu machen. Diesmal setzt er ganz oben an. «Heute kommt der Joschka auf einen Tee vorbei, da stelle ich euch mal vor! Der macht zwar seine Reden selbst, aber als Koalitionspartner sollte er doch mal wissen, wer mir so die Sachen einflüstert.»

Joschka Fischer, die Ikone der grünen Bewegung. Die grüne Bewegung war die Versammlung aller wirklichen Gutmenschen, gestartet als einzigartiges Projekt der Menschheitsrettung. Es hat ziemlich gedauert, bis sie in der Bundesrepublik angekommen war. Wie lange hat es gebraucht, bis die Grünen im Bundestag nicht mehr als Besuchergruppe behandelt wurden?

Auf dem Weg dahin mussten sie sich natürlich sehr deutlich verändern. Die Grünen sind inzwischen von ihrem Grundsatzprogramm von 1979 genauso weit weg wie die katholische Amtskirche von der Bergpredigt. Sie sind dabei nur noch erfolgreicher: Woran die Katholiken seit 2000 Jahren arbeiten, das haben die Grünen in 20 Jahren geschafft. Und einen Papst haben die Grünen auch – der hatte nur deutlich mehr Frauen in seinem Leben.

Und genau dieser Papst sitzt vor mir. Er wirkt aber gar nicht so männlich, wie ich dachte. Abgemagert mit seinen tiefen Falten im Gesicht sieht er genauso aus wie meine Tante Hilde aus Fritzlar.

Dass sich die Grünen verändert haben, das habe ich zum ersten Mal richtig realisiert, als im September 1998 der Wahlabend lief. Die Grünen an der Macht. Und schon unmittelbar an diesem Abend war es zu merken: Die sahen plötzlich alle so anders aus. Der Trittin plötzlich im Armani-Anzug. Claudia Roth gestern noch in der besabberten Latzhose, heute im – wenn auch sehr farbenfrohen – Kostüm. Oder Bütikofer im Dreiteiler, was

mich spontan an die Sesamstraße erinnerte: Krümelmonster im Konfirmationsanzug.

«Tag. Fischer mein Name. Haben Sie eine Vorstellung, wie wichtig die transatlantischen Beziehungen sind?»

Nette Begrüßung. Was will der Mann?

Ich fange an zu stammeln, fange mich dann aber: «Immerhin so wichtig, dass Sie sich dafür mit Farbe haben bewerfen lassen – und Ihr Trommelfell ist Ihnen geplatzt.»

«Ganz so schlimm war das nicht. Da war ein bisschen Farbe reingelaufen. Ein Vollblutpolitiker wie ich steckt das weg!»

Gerhard mischt sich jovial ein: «Mir platzt das Trommelfell auch manchmal ... Wenn Frau Solga mich bei meinen Interviews bändigen muss.»

Joschka lacht: «Das kann ich mir vorstellen. Dein ungezügeltes Mundwerk wird dich nochmal Kopf und Kragen kosten.»

«Das hat uns aber auch schon das eine oder andere Mal den Kopf aus der Schlinge gezogen. Denk mal an die Irak-Geschichte, das wäre ohne mein Mundwerk gar nicht möglich gewesen.» Schröder räkelt sich gönnerhaft im Stuhl. Joschka legt nach:

«Aber die Amis haben eine Zeitlang sogar geglaubt, wir würden sie kein bisschen bei dem Krieg unterstützen, da musste ich hinter den Fassaden ganz schön Wiedergutmachung leisten.»

«Das nennt man Arbeitsteilung, Joschka!» Schröder lacht unangenehm laut, steckt sich eine Havanna an und guckt uns danach so an, dass man ihm einfach nicht böse sein kann.

«Gut, dass Sie da sind, Frau Solga. Mit Ihnen könnte Gerhard die Aufholjagd gegen die CDU schaffen!»

So, jetzt habe ich auch das geschafft – den Segen des einzigen Grünen, den Gerhard ernst nimmt. Wir stecken uns auch eine Havanna an. Mir wird ein bisschen übel.

+++ 20. Januar 2005, 12:12 Uhr, Kanzleramt, Büro des Kanzlers +++

Vor einer halben Stunde hat das Büro von Müntefering angerufen und mich ins Kanzlerbüro zitiert.

Jetzt gehe ich unsicher durch das von Licht durchflutete Vorzimmer des Bundeskanzlers. Die Sekretärin winkt mich ohne Zwischenstopp durch, als wäre ich ein Bundesminister, der täglich hier in Schröders Büro rennt.

Ich öffne die Tür. Schröder und Eichel stehen vor dem großen Schreibtisch am anderen Ende des Zimmers, das von der Eingangstür so wirkt, als stünde es in einer anderen Zeitzone.

Der Kanzler lächelt fast ein wenig beglückt, kommt auf mich zu und fragt mich: «Tach, Frau Solga, äh ...» Er stockt. Er schluckt. Er setzt neu an: «Wollen Sie meine Frau werden?»

Ich werde rot und bin doch etwas irritiert. So eine Frage wird einem nicht so oft gestellt im Leben und schon gar nicht vom Kanzler der Bundesrepublik Deutschland. Bei Schröder weiß man auch nie, wie ernst er so was meint.

Eichel kommt jetzt auch dazu. Er konkretisiert die Frage: «Der Kanzler meint, ob Sie ... gegen extra Geld ... seine Frau spielen würden ... äh, ganz offiziell, in China.»

Ich weiß nicht. Also sage ich wahrheitsgemäß: «Ich weiß nicht.»

Schröder grinst: «Na, dann ist ja alles in Butter!»

+++ 20. Januar 2005, 13:12 Uhr, Kanzleramt, Büro des Kanzlers +++

Ich verlasse das Büro des Bundeskanzlers. Was ist da gerade passiert? Jetzt bin ich nicht mehr nur die Souffleuse des Kanzlers, sondern auch noch so eine Art Ersatzfrau.

Ich male mir aus, wie der Entscheidungsprozess zu dieser Idee gelaufen ist. Doris hat keinen Zweifel gelassen, dass sie nicht mitkommt. Diplomatisch gesehen, wäre es aber ein Fauxpas, wenn der Kanzler seine Gattin nicht nach China mitnimmt, einem der wichtigsten Länder der Welt. Es gab sicher eine Krisensitzung. Was soll man tun?

Wahrscheinlich kam Gerd selbst auf die alles entscheidende Idee und sagte zu Müntefering: «Sach mal, Münte, was ist eigentlich mit der netten Souffleuse, die mir immer ins Ohr flüstert? Könnte die nicht die Doris doubeln? Für die Chinesen sehen wir Europäer doch sowieso alle gleich aus, und dann müssen wir nicht den blöden Trittin fragen, ob der die Doris nachspielt.»

+++ 22. Januar 2005, 18:08 Uhr, Volksrepublik China, auf der Mauer +++

Ich bin in China – als Gattin des Kanzlers. Das schmeichelt mir natürlich ein wenig. Die Chinesen haben wirklich keinen Unterschied erkannt. Für die bin ich die First Lady der Bundesrepublik. Damit die deutschen Pressevertreter nichts merken, trage ich immer eine Sonnenbrille und versuche, nicht zu lächeln. Sonst könnten sie vielleicht am Gebiss erkennen, dass ich nur eine Kanzlergattin-Ersatzdarstellerin bin. Doris hat, was das angeht, erkennungsdienstlich kaum zu übersehende Eigenarten. Für Notfälle trage ich ein Gebissteil mit entsprechenden Schneidezähnen bei mir, ich musste es aber noch nicht benutzen. Im Spiegel erschreckt es mich, wie ähnlich ich ihr damit sehe.

Und dann die Chinesische Mauer. Wahnsinn. Wenn die DDR ihre Mauer mal so stabil gebaut hätte, dann hätte das nach dem Versprecher von Schabowski nochmal vierzig Jahre gedauert, bis die Ersten überhaupt in den Westen durchgekommen wären. Und zwar mit der Hilti. So dick ist die chinesische Mauer.

Ich stehe Hand in Hand mit Gerd Schröder auf der Mauer. Ich, das Mauerblümchen aus Leipzig. So weit hat es noch kein Ex-Ossi gebracht.

Ich glaube, selbst Günter Guillaume stand damals mit Willy Brandt nicht auf der Chinesischen Mauer, und selbst wenn, dann auf jeden Fall nicht Händchen haltend!

Ein erhebendes Gefühl.

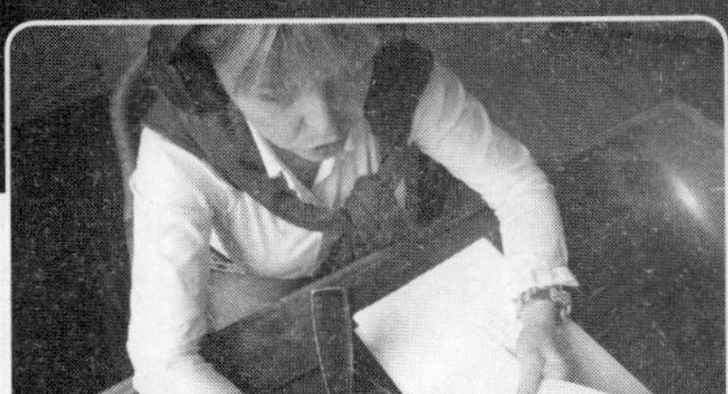

+++ 23. Januar 2005, 16:36 Uhr, Peking +++

Heute mache ich das Damenprogramm in Peking. Pekinger Zoo, Behindertenwerkstatt in einem Vorort und Waisenhausbesuch. Man weiß, dass Doris Waisenhäuser gerne besucht, und vielleicht hofft man sogar, dass die Kanzlergattin ein kleines Kind für zu Hause aussucht.

Der letzte Programmpunkt ist dann der Kontakt zur fernöstlichen Medizin. Wobei kein Chinese sich als fernöstlich versteht, sondern man glaubt, hier wäre man im Reich der Mitte. Wahrscheinlich hält man uns hier für fernwestlich.

Ich betrete alleine, ohne Bodyguard, einen dunklen Raum in der Verbotenen Stadt, der wie eine Opiumhöhle wirkt. Eine Chinesin weist mir diskret einen Platz an. Ich soll mich auf eine Art Pritsche hocken. Sie verschwindet. Dann taucht vor mir ein alter faltiger Chinese auf, der im Profil aussieht wie die norwegische Fjordküste, aber vis-à-vis unglaubliche Ähnlichkeiten mit Joschka Fischer hat. Er setzt sich vor mich und sagt in bestem Deutsch: «Soll ich deine Probleme lösen, Deutsche?»

«Sie wollen meine Probleme lösen?»

Er nickt. «Ich kann das. Ich brauche für alle Probleme bei dir nur einen Punkt – und den entdecke ich, wenn du mir deine Zunge rausstreckst!»

«Das finde ich aber sehr unhöflich!»

«Zier dich nicht! Wir Chinesen sind so: Wir rülpsen nach gutem Essen und betreiben Massaker auf Plätzen, die Himmlischer Frieden heißen – also scheiß auf die Höflichkeit!» Dann zieht er an meiner Zunge. «Ahh, deine Zunge ist gespalten!» Ahhhrrgghh...

«Du gibst häufig falsches Zeugnis ab ...»

«Das ist mein Job! Ich arbeite in der Politik ... bin Souffleuse.»

«Aber was ist die Blase da?»

«Ich habe mir heute beim Staatsbankett die Zunge verbrannt! Es war, glaube ich, Nasigoreng.»

«Nein, das bedeutet was!»

«Vielleicht Blasenentzündung ... oder was Versautes?»

Er wirkt nachdenklich: «Blase.»

«Oder etwas an der Börse? Ich habe T-Aktien.»

«Du arme Sau.» Das mit dem Flop der T-Aktie hatte sich also bereits bis in die esoterischen Kreise in China herumgesprochen. «Nein, das mit der Blase bedeutet, dass du demnächst einer neuen Aufgabe anheimgestellt wirst. Es wird eine neue Person dein Leben bestimmen.»

Ich habe keine Ahnung, was der Alte meint.

Also lenke ich das Thema wieder auf Dinge, mit denen ich konkret etwas anfangen kann: «Bei Ihren seherischen Fähigkeiten, können wir da vielleicht nochmal über die T-Aktie oder andere Anlageformen reden?»

Er nickt lächelnd.

+++ 30. Januar 2005, 12:33 Uhr, Vorzimmer des Kanzlers, Kanzleramt +++

Schröder und ich haben ein tolles Vertrauensverhältnis entwickelt. Er wird auch immer besser. Sogar «Die Welt» hat neulich in einem Leitartikel bemerkt: «Schröder wirkt immer souveräner bei den Reden, im Gegensatz zu seiner Kontrahentin Merkel. Bis zu den nächsten Wahlen muss im bürgerlichen Lager deutlich nachgerüstet werden ...»

Dieser Aufschwung Schröders bin ich. Der Solga-Effekt. Die kleine Frau im Ohr. Seitdem ich da bin, hat er keinen ostdeutschen Ort mehr falsch ausgesprochen. Weder Schkopau noch Schkeuditz oder Delitzsch. Das liest sich leicht ab, aber man spreche das mal nach!

Ich kann Schröder förmlich spielen, wie mein Instrument! Besser: wie eine Stradivari. Der Job macht Spaß.

+++ 17. März 2005, 19:05 Uhr, Kanzleramt +++

Heute Morgen ist Heide Simonis im Kieler Landtag politisch vernichtet worden. Was für ein Schlag. Schröder wirkt komplett verändert. Er ist mürrisch, einsilbig, gar nicht mehr der gute alte «Schrödi», wie wir ihn kennen. Er hat dann sehr lange mit Putin telefoniert. Danach ging es ihm etwas besser. Kurze Zeit später hatten wir ein Gespräch, in dem er mich beiläufig gefragt hat, ob ich gut Russisch könnte. Er würde in diesem Fall bei mir Stunden nehmen.

«Wegen Viktoria?»

«Nein, falls ich mich beruflich doch noch einmal umorientieren sollte ...»

+++ 21. März 2005, 16:16 Uhr, Willy-Brandt-Haus +++

Ich habe derzeit kaum Souffleusen-Einsätze für Schröder. Er leiht mich jetzt hin und wieder einfach aus. Vor allem an Münte. Es ist nicht berauschend, Münte zu soufflieren. Immer diese kurzen Sätze in den Redemanuskripten: «Die SPD will regieren. Regieren ist gut. Opposition ist Mist!» Nicht ein Nebensatz. Ich habe versucht, mal interessantere Satzkonstellationen einzuflechten. Nix genutzt. Er hat dann zu mir gesagt: «Lange Sätze ist was für Schröder. Ich will kurz. Geben Sie mir Stichworte. Reicht!»

Also gebe ich ihm immer so Stichworte wie: «SPD – Regieren. Regieren – gut. Opposition – Mist!» Öde.

+++ 22. Mai 2005, 18:37 Uhr, Willy-Brandt-Haus, Berlin +++

18:37 Uhr. Ich muss wieder Münte soufflieren. Ganz miese Stimmung. Die SPD hat in Nordrhein-Westfalen die Macht verloren. Im Kernland der Sozialdemokratie. Ich souffliere ihm wieder seine Stichwortsätze. Viel mit «Mist» und «Klare Kante» und so.

Ich sage: «Ergebnis – schlecht. Kurs – richtig. Schröder – Kanzler.» Plötzlich kommt der Redenschreiber in den Ü-Wagen und will mir neue Texte reichen.

Er flüstert: «Wie geht's?»

Ich antworte ihm ganz leise: «Keine Lust mehr.»

Leider hört Münte das. Offensichtlich glaubt er, das wäre sein Text, und bellt in die Mikros: «Schröder – Kanzler – keine Lust mehr.»

Er stutzt, hält inne.

Jemand von der Presse fragt: «Wie meinen Sie das?»

«Ich meine immer, was ich sage. So kann es nicht weitergehen. Wir brauchen richtige Mehrheiten. Alles andere ist ...»

Ich beiße mir auf die Lippen und fluche: «Mist!»

Münte ergänzt seinen Satz: «Mist!»

Ein Journalist will es genauer wissen: «Heißt das Neuwahlen?»

Und bevor ich irgendetwas sagen kann, jault Münte stur in die Mikrophone: «Jawoll. Neuwahlen!»

Himmel! Neuwahlen! Das bei diesem Umfragetief der SPD. Meinen Job werde ich nach den Wahlen mit an Sicherheit grenzender Wahrscheinlichkeit los sein.

+++ 18. September 2005, 20:16 Uhr, ARD-Studio, Berlin +++

Das war's sicher. Ich bin den Job bestimmt los. Dabei hat die SPD so schön aufgeholt, fast gleichauf mit der CDU – es gibt keine bürgerliche Mehrheit.

Im weiteren Wahlkampf hat Schröder dann doch wieder häufig auf mich zurückgegriffen, obwohl sich unser Verhältnis aufgrund der Münte-Geschichte deutlich abgekühlt hatte.

Wir sind inhaltlich ein tolles Tandem in dieser Zeit, sehr spontan, sehr emotional. Viele haben ihm die Nummer mit den 0% mehr Mehrwertsteuer voll abgenommen, obwohl Steinbrück immer gesagt hat, dass man das kaum finanzieren können wird.

Die anderen Parteien werden zunehmend aufmerksam auf mich, entsenden eigens Beobachter, die einschätzen sollen, wie effektiv der Einsatz von Souffleusen doch sein kann.

So stehen kurz nach 18 Uhr mit dem Wahlergebnis eigentlich für die SPD viele Optionen offen, und die Sektkorken knallen im Willy-Brandt-Haus. Wir trinken alle wie beseelt. Die Last der Wahlkampfzeit fällt ab. Ich falle in die Arme von Vitali, wir küssen uns, wir tanzen. Mitten in einem wilden Tango, in dem mich Vitali mit seinen feurigen Augen immer wieder herrlich fixiert, tippt ein Finger auf meine Schulter.

Hubertus Heil steht vor mir wie ein beleidigter Teddybär: «Frau Solga, wo bleiben Sie denn? Es ist Elefantenrunde.»

Auf Hochtouren rase ich ins ARD-Hauptstadtstudio und springe in meine Souffleusenbox. Und zwar völlig betrunken. Und souffliere Gerhard in betrunkenem Zustand, dass in seiner Partei niemand, aber auch wirklich niemand Angela Merkel zur Kanzlerin wählen würde.

Es ist gelaufen, Gerhard ist ungezügelt losgezogen und lässt sich nicht mehr stoppen. Ich werde mir nun tatsächlich einen neuen Job suchen müssen.

+++ 20. September 2005, 16:17 Uhr, Kanzleramt +++

Mir geht's gar nicht gut ... Er hat mich gefeuert.

Da sitze ich nun, einsam und allein im kalten Berlin in der Kanzleramtskantine. Keine Souffleuse mehr, kein Gerd, kein Münte. Kein Vitali. Oh Vitali, wie dringend hätte ich dich gebraucht, wie gern hätte sich mein Leib von dir bewachen lassen ...

Ich seh mich schon bei Aldi an der Kasse ... und zwar auf der falschen Seite, will nur noch weg, renne aus der Kantine –

... direkt gegen die Brust des Riesen mit den geraden Zähnen. Er hält mich fest, ich will gerade meiner Verzweiflung freien Lauf lassen, da drückt er seinen Finger auf den Mund und sagt: «Niecht sprechen!»

Vitali vereinigt so viel in sich: diese russische Tiefe, die Melancholie. Manchmal kann so ein Russe ganz wahnsinnig traurig sein. Dann hat man das Gefühl, die ganze Trauer der Welt wird in einem Menschen komprimiert. Wie ein schwarzes Loch, das die komplette Weltmelancholie aufsaugt. Auf der anderen Seite kann ein Russe aber auch so mitreißend lachen, dass man denkt, er platzt gleich. Wenn man mal einen Russen lachen hört – das fängt langsam, leicht eruptiv an und bekommt dann eine wilde Eigendynamik: decha – decha – dechachachirrdechachacha! Und er kann dann mit einem Mal witzig, sogar selbstironisch sein, was Russen, wie die Deutschen, sonst eigentlich nie sind.

Man wird mich an die Russen schon gewöhnen
Sie kommen halt aus einem reichen Land
Sie stehen beim Roulette mit ein paar Schönen
Und werfen die Jetons so aus der Hand

Sie stehn herum, gewinnen und verlieren
Sie setzen nur zum Spaß und immer bar
Es scheint sie gar nicht so zu interessieren
Was soll das blöde Geld, wir haben's ja

Die Russen bringen Glanz nach Partenkirchen
Nach Kitzbühel, Sankt Moritz und Sankt Johann
Dort zittern schon die unversorgten Töchter
Ob man sich einen Russen angeln kann

Hört meinen Rat, ihr fürsorgenden Mütter
Bringt eure Töchter winters nach Davos
Bei uns, da ist die Zukunft magenbitter
Vielleicht kriegt ihr sie an 'nen Russen los

Man wird sich an den Russen schon gewöhnen
An Nerzmäntel in Saint Tropez am Meer
An Kaviar und Krimsekt ohne Stöhnen
Im Leben, da gewöhnt man sich an mehr

Vitali wurde übrigens von Merkels Securityteam übernommen. Um sie zu schützen. Vor anderen und vor sich selber.

+++ 30. September 2005, Kanzleramt +++

Immendorff malt noch die letzten Federstriche an seinem Kanzlerbild Schröders ... Und ich stehe daneben. Soll ich doch nochmal? Bei einem anderen SPDler? Beim Wowereit?

Wenn die Merkel mir ein Angebot machen würde, für sie als Kanzlersouffleuse zu arbeiten, da könnte ich vielleicht sogar schwach werden. Aber das Angebot kommt vom Westerwelle:

«Frau Solga, Sie und Ihre erfrischende Art sind unseren jungen, dynamischen Polit-Talent-Scouts aufgefallen, und deshalb möchten wir Ihnen einen frischen Platz in unserem dynamisch-jungen liberalen Wahlkampf-Team so ganz frech und frisch anbieten. Mit dem quietschgelben Guidomobil durch die Spaßbäder der Republik. Bisschen dem Volk aufs Maul schauen und frisch-frech-fröhlich unsere lustigen Slogans verkaufen – na, das wär doch echt spaßig, was!? Ich mein, ich bin ja schon selber echt witzig, aber mit Ihnen im Ohr – ohohoho, aber hallo!»

Ich bitte um Bedenkzeit, bedenke mich drei Sekunden und ... lehne ab.

+++ 2. Oktober 2005, 21:33 Uhr, Kanzleramt +++

Merkel kommt zu mir … und will mich, die Frau, die Schröder wirklich zu Fall gebracht hat, unbedingt näher kennenlernen. Ich bin ihr, sagt sie, seit dem Frühstück mit Schröder noch in guter Erinnerung geblieben.

Bei einem Gespräch unter vier Augen hat sie mir schließlich Betätigungsmöglichkeiten unter einer Großen Koalition angeboten: «Frau Solga. War echt Klasse, das mit den Neuwahlen. Sie haben mir ja schließlich zum Sieg verholfen! Ich möchte mich bei Ihnen mal so richtig durchbedanken. Ich hab gehört, dass Sie im Moment Vakanzen haben! Kirchhof und ich überlegen nur, wie wir Sie finanzieren können!»

Ich habe jetzt die Wahl zwischen schlimm und schlimmer!

Also über die Angela Merkel muss ich sagen: So fad ist die gar nicht. Die wird nur immer noch falsch eingeschätzt. Ich hab ja selbst Wurzeln in der gewesenen DDR. Marx hab sie selig.

Sie schickt mich zu Steinbrück.

Zu Peer Steinbrück! Dem Mann, der jeden Tag mit Summen umgeht, die so hoch sind, dass sie nur noch von Hunden gehört werden können.

Er bietet mir einen Kaffee an. Und lässt mich stehen. Sein Daumen flitzt über die Tasten seines Taschenrechners, und ich stehe schweigend da, wie ein Hartz-IV-Empfänger in der Schlange. Dann will ich das Eis brechen und presche nach vorn: «Sieht nach Regen aus!» Er prompt: «Soll aber Kaffee sein.»

«Herr Steinbrück, ich bin die Souffleuse von Frau Merkel. Sie schickt mich zu Ihnen, weil … wir haben noch nicht über Geld gesprochen!»

«Das kommt mir sehr entgegen. Wenn Sie nicht damit anfangen, mach ich's auch nicht!»

«Herr Steinbrück, es geht um einen lächerlichen Beratervertrag!»

«Beraterverträge! Was meinen Sie, wie viele Beraterverträge ich schon gemacht habe. Was meinen Sie, wo die hohe Staatsverschuldung herkommt! Unser größter Haushaltsposten sind inzwischen Beraterverträge!»

«Na, dann erhöhen Sie doch einfach die Mehrwertsteuer ... um ... drei Prozent! Das müsste ich Ihnen schon wert sein! Klar: Es wird zunächst weniger konsumiert. Das erhöht aber die Lagerungskosten für nicht verkaufte Waren. Dann erheben Sie eine Warenlagerungssteuer auf gelagerte Ware. Das hat zwei Effekte, Sie bekommen einerseits mehr Geld, wegen der Lagerungssteuer, und es gibt panikartige Lagerverkäufe, was die Binnennachfrage steigert. Die Leute kaufen mehr Waren, was über die Mehrwertsteuer wieder höhere Einkünfte für Sie bedeutet. Es wird wieder mehr investiert, weil die Leute so viel kaufen, was wiederum neue Arbeitsplätze schafft, was Ihnen dann wieder mehr Steuern bringt. Dieses überschüssige Geld wird dann in die Forschung gesteckt. Auf der anderen Seite investieren Sie ja das Geld, das Sie mir zahlen, direkt in den Standort: Ich gebe das Geld ja gleich wieder aus! Vornehmlich in Form von Schuhen. Sie fördern die Schuhindustrie! Das wäre ein schuhindustrieller Zusatzboom! Sie sehen, eine Anstellung von mir kann einen konjunkturellen Aufwärtstrend auslösen!»

«Gar nicht schlecht, junge Dame! Sie sind ja noch begabter als ich ... also der Erfolg ist Ihnen so sicher wie die Rente.»

«Wie, Ihre?», frage ich.

«Nee, Ihre!!!»

+++ 6. Oktober 2005, 17:01 Uhr, immer noch irgendwo im Kanzleramt +++

Schon der vierte Tag. Nichts passiert. Wo ist Merkel?

+++ 8. Oktober 2005, 13:28 Uhr, Kanzleramtskantine +++

Ich sitze wieder in der Kanzleramtskantine. Dort, wo all die frisch Gefeuerten und Ausgemusterten sitzen. Denn wenn man mal Berater war, kommt man in den sogenannten Beraterpool. Da kommen alle Exberater rein. Falls man doch mal auf sie zurückgreifen muss. Da sitzen aber nicht nur die aktuellen Exberater aus der Schröder-Ära, da trifft man auch die Berater der Vorgänger – die werden von den neuen Kanzlern immer mitübernommen. Also Berater von Kohl, von Helmut Schmidt, ein paar inzwischen betagte Journalistinnen aus der Brandt-Ära, damals ganz junge Dinger. Dann natürlich noch ein paar Exnazis aus der Adenauer-Ära. Der Älteste von uns ist ein gewisser heiliger Antonius, der schon Karl den Großen beraten hat. Er sollte damals ein Gutachten erstellen, ob man den Reliquienhandel mit zusätzlichen 2 % Reliquiensteuer besteuern soll. Der wartet schon seit 1200 Jahren, mal dranzukommen und beim Kanzler vorzusprechen. Und die Aussprache wird ja auch nicht besser!

Ich sitze so in der Kantine und beobachte meine Kollegen. Mir fällt auf: Immer öfter gleichen sich die Politiker sprachlich den Souffleusen an. Ulla Schmidt zum Beispiel. Die soll ja früher ein super Hochdeutsch gesprochen haben, bis ein verschnupfter rheinischer Büttenredner ihr Souffleur wurde.

Manche Parteien sind knausrig, wollen Geld sparen und nehmen ungelernte Kräfte. Man hat mir erzählt, Scharpings Souffleur zum Beispiel soll Legastheniker gewesen sein. Und jetzt drohen Billigsouffleusen aus den Beitrittsländern auf den Markt zu kommen – nur eine Frage der Zeit, bis die ersten deutschen Politiker einen leicht tschechischen Dialekt haben werden: «Senkung von Merrwersteier is sich nich mäglich, bitte schäään!»

Man wird sich aber auch umgekehrt ähnlich, wie Herr und Hund. Ein altlinker Souffleur, der früher bei den Demos Massensouffleur war – «Ho-Ho-Ho-Chi-Minh» und so –, der wurde der Souffleur vom Stoiber, der mag jetzt Volksmusik, trägt Trachtenjacke und nennt seine Freundin «Muschi». Es gibt ja auch international Souffleure. Wir hatten neulich unsere große Souffleusenkonferenz. Da haben wir Souffleure mal unsere Forderungen gestellt: Lohnerhöhung! Sonst Bummelstreik! Dann sprecht ihr alle so langsam wie der Scharping!

+++ 21. November 2005, 18:02 Uhr, Kanzleramtskantine +++

Zebunke stellt mir nach.

«Na, schöne Frau! Na, blöd, oder? Nix zu tun. Ich beobachte Sie schon länger.

Seit 16:32 Uhr. Da haben Sie diese Kantine zum ersten Mal betreten.

Wir hatten früher unsere Quellen, und heute haben wir sie auch. Wissen Sie,

Sie ham mich nicht gesehen – aber dafür ich Sie.

Von da oben. Sicherheitskameras.

Mein Job: für Ordnung sorgen. Im Kanzleramt. Wobei ... wie will man für Ordnung sorgen, wo keine ist? Ich sag Ihnen was: Der Fisch stinkt vom Kopf. Hier müsste man mal Klarschiff machen.

Und dabei hilft mir mein braver Rommel. Den habe ich persönlich abgerichtet. Auf Extremisten. Rommel – ruhig! Sehen Sie, ich muss nur einen Schlüsselbegriff nennen. Zum Beispiel: Terrorist ... Rommel, sitz und Platz, ja ganz ruhig, kein Terrorist da! Und Thierse ist auch nicht da. Rommel, aus!

Und dann ham sie uns erst die Ukrainer und dann die Billiglöhner aus Polen beschert – Rommel! Kein Pole da! Armes Deutschland!

Und die Merkel ist nichts anderes als Schröder mit weiblichen Mitteln. Es müsste sich mal richtig was ändern. Mal Klarschiff machen! Kann die doch gar nicht, mit so einem Schwesterwelle ... Rommel! Sind doch alles keine Männer. Kommense mal. Da. Mein Unterarm. Das sind Tattoos, was? Da: ‹In Love› – geht an meine Perle. ‹Birgit› – da steht's. Die Alte hieß Gundula. Hatte ich hier vorne. Das war eine Scheiße. Als die Schluss gemacht hat, habe ich erst gedacht, so ein Scheiß, was machste denn jetzt? Kannste jetzt nur mit einer zusammen sein, wenn

die auch Gundula heißt? Da gibt's nicht so viele von. Aber dann habe ich mir das wegmachen lassen. Von 'nem Tattooprofi. Gut, sieht noch ein bisschen blass aus, aber ist weg. Und genauso wie Gundula wegging, geht hier in Deutschland auch der schwule Liberalala-Scheiß weg – Rommel, ist ja gut. Das geht ganz schnell. Müssen nur die richtigen Leute mal Klarschiff machen. Armes Deutschland! Ich hab sie alle auf Band. Jeden hier! Komm, Rommel.

Schönen Tag noch ... Frau Solga!»

+++ 25. November 2005, 14:55 Uhr, Kanzleramtskantine +++

Inzwischen bin ich zu einer Autogrammsammlerin geworden.

Und ich habe auch schon das eine oder andere Autogramm ertauscht. Mein erster Tausch waren zehn Ernst Busch gegen einen Ringo Starr. In den letzten Jahren habe ich nur noch einmal richtig getauscht: für einen original bin Laden.

Das hat mich damals sieben Dalai-Lamas, dreizehn Lafontaines, neun Boris Jelzins, davon drei mit nüchterner Handschrift, einen Salman Rushdie, einen Boris Becker und einen handsignierten Fußball mit allen Unterschriften der deutschen Weltmeister von 1974 gekostet.

Auf Dauer beschäftigt man sich auch mit Schriftbildern. Schräggestellte Schrift ist ein Zeichen für eingeschränkte Libido. Wenn die Endungen unleserlich sind, kann Impotenz vorliegen.

Ich sage jungen Kolleginnen oft: Seht euch vor allem anderen seine Unterschrift an! Eine Unterschrift sagt ja ganz viel über einen Menschen. Zum Beispiel ob er überhaupt schreiben kann. Oder ob er oft unterschreibt. Leute, die oft unterschreiben, sind in der Regel wohlhabender. Die unterschreiben Kaufverträge, Honorarverträge, Überweisungsaufträge – gut, es sei denn, sie unterschreiben häufig Mahnbescheide und Pfändungsprotokolle. Aber dann ist die Schrift auch schon ganz anders – depressiver; die Ausschläge nach unten sind dann ganz verkümmert, den Menschen fehlt die Verwurzelung.

Stoibers Unterschrift zum Beispiel ist immer ganz verkrampft. Und wie viele Ähs der in eine Unterschrift packen kann. Einmal war der so durcheinander, da hat er mit Äh Äh Äh Angela Merkel unterschrieben.

Viele bemühen sich ja schon um eine Unterschrift von mir.

Ja, die wissen, wer noch kein Autogramm von Simone Solga hat, ist nicht up to date. Ich bin neulich über das Gelände des Kanzleramts gegangen, da sind sie mir hinterhergelaufen. Die ganz jungen Anfängersouffleure: «Frau Solga, Frau Solga – bitte eine Unterschrift geben!» Da sag ich: «Herrschaften, langsam – erstens gebe ich nicht jedem meine Unterschrift, und zweitens habe ich feste Autogrammstunden.»

+++ 29. November 2005, 8:31 Uhr, Kanzleramtskantine +++

Morgens kommt plötzlich ein grauer Typ an meinen Tisch. Ein gescheiterter Berater, hab ich mir gedacht, verkniffen, bekleidet mit einer Mischung aus Weinfass und Zwangsjacke. Die Haare so, als wären sie von den Zähnen nach oben geföhnt. Und wer war's? Angela Merkel. Die Frau mit dem Gesicht. Sie hat erstaunlich lange eine Miene, für die man ansonsten eine ganz kurze Belichtungszeit braucht, wenn man sie fotografieren will. Dann hat sie gelächelt. Endlich.

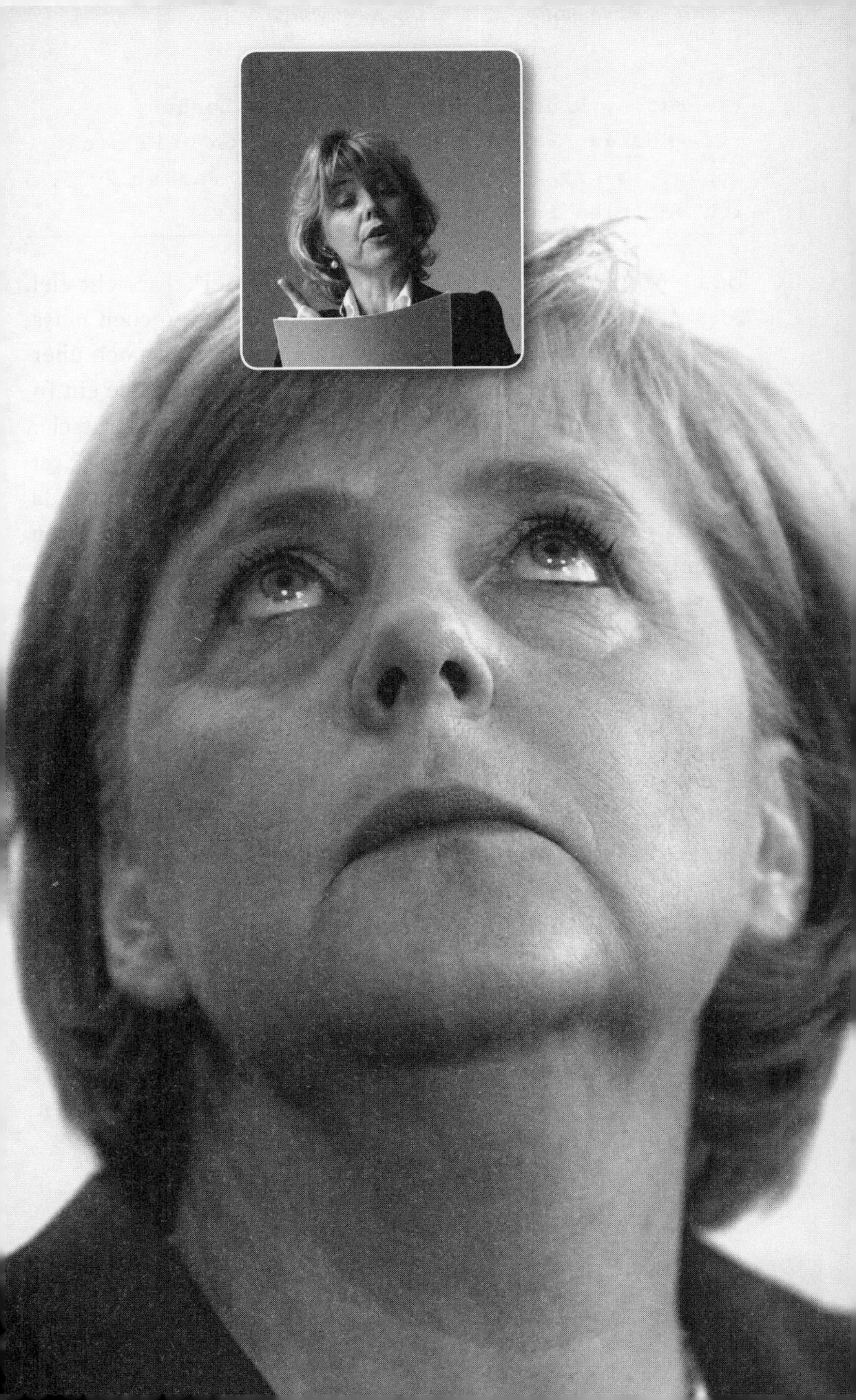

+++ Paris, Brüssel, Warschau, Oslo, London, Paris, Moskau, Paris, Genf, Prag ... Ich weiß nicht genau, wo wir sind. Heute ist der 5. Januar 2005, ich schreibe in einem Hotelzimmer +++

Bei Merkel ist Dauersprechen angesagt. Merkel spricht viel. Merkel muss viel sprechen. Weil sie schneller sprechen muss, als die Bürger denken können. Nur so kann sie sie noch überzeugen. Ich hab versucht, sie monatelang zu spielen wie ein Instrument! Wie eine Stradivari! Aber sie bleibt eine Bratsche. Besonders wenn sie ganz auf meine Hilfe verzichtet. Bei ihrer vom Teleprompter abgelesenen Neujahrsansprache saß sie da wie der Frosch auf der Erdalbüchse. Immer ihre ungesteuerten Eigenkreationen. Aber sie kann mit meiner Hilfe endlich westdeutsche Provinznester fehlerfrei aussprechen: Rheda-Wiedenbrück ohne Absatz, Marktredwitz mit «t» und Grevenbroich ohne «oi», sondern wie «-brooch».

Neulich trafen wir uns mit Wen Jiabao, dem chinesischen Premier. Sie wirkte nervös, da sie glaubt, er mag sie nicht. Irgendwie tat sie mir doch leid, und ich versuchte sie zu beruhigen. «Frau Merkel, bewahren Sie Ruhe. Wen Jiabao heißt übersetzt so viel wie ‹Der sich nicht vor dem Hosenanzug fürchtet›.» Leider musste ich später bei der Pressekonferenz meinen Platz verlassen, und sie hat ohne meine Hilfe in die Mikrophone gegeben:

«Dann müssen wir halt besser sein als Inder, Chinesen und andere Europäer.» Ich war entsetzt: » Ich bitte Sie, das kommt doch nicht von mir! Das hab ich nie so souffliert!» Merkel redet sich raus und wird ganz intim: «Frau Solga, wie soll ich wissen, was ich denke, bevor ich höre, was ich sage?!»

+++ 18. Januar 2006, 14:44 Uhr, Kanzleramt +++

Schäuble ruft an. Auftrag von Merkel, ihm auszuhelfen ... Ich reagiere entsetzt:

«Nein, Herr Schäuble. Wie – ob ich Ihnen helfen kann ... Ich kann Ihnen nicht soufflieren. Sie können nur abhören – nicht zuhören! Hören Sie, Sie müssen das mit dem Knopf im Ohr üben ... Wie legen Sie denn den Knopf im Ohr an? Haben Sie denn Ihren Knopf im Ohr? Nicht? Wo denn? Okay, bitte holen Sie ihn da raus und dann ins Ohr. Abwischen und dann ins Ohr! Genau.»

Ich falle bewusstlos in meinen Sessel.

+++ 23. Januar 2006, 23:56 Uhr, Bar Kanzleramt +++

Es ist an diesem Tag spät geworden, und ich setze mich an die Bar, oben im vierten Stock, wo neben den üblichen Schnapsnasen von der CSU anscheinend ein einsamer Spin-Doctor seinen Whisky kippt.

Der Bundestags-Pianist, ein Teilzeit-Musiker auf Ein-Euro-plus-Freibier-Basis, spielt «As Time Goes By». Spin-Doctors. Die sagen den Souffleuren, was die den Politikern sagen sollen, was die den Medien sagen, was die dem Volk sagen – dazu müssen sie wiederum wissen, was das Volk sagt, und dazu machen sie Umfragen. Im Endeffekt kriegt also das Volk gesagt, was es sagt.

Der Spin-Doctor, der so oft hochtourig und gut gestylt durch die Gänge gerast war, hing bleich und unrasiert am Tresen, weinte in seine Salzbrezeln und murmelte in sein Glas. Na, wenigstens spricht er mehr als drei Silben, dachte ich. Ich bestellte einen russischen Wodka – eh klar, warum – und fragte:

«Liebeskummer?»

«Liebes- was? Ach so, ja, hatte ich auch mal, das müsste vor der Bundestagswahl 82 gewesen sein. Da sehn Sie, was die Politik aus einem macht!»

«Na, warum sind Sie denn dann so traurig?»

Er hält mir einen Zettel mit Grafiken hin, auf denen rote Pfeile ins Bodenlose stürzen. Ich starre auf den Zettel.

«Sehen Sie das? – Für mich noch einen Doppelten und für die Lady, was die Lady trinkt! – Da nützt kein Dreh, da gibt's keinen Trick. Da würde nicht mal eine Jahrtausendflut mit'm dritten Ami-Weltkrieg noch was bringen!»

Wie zum Hohn spielte der Pianist eine Improvisation über «Brüder, zur Sonne, zur Freiheit!».

«Da kann ich doktorn, was ich will, die Sozis sin' erledigt.»

«Jetzt lassen Sie sich doch nicht so hängen. Morgen rasieren

Sie sich, duschen und wechseln die Partei. Dann sieht die Welt schon wieder ganz anders aus!»

«Ha, wenn das so einfach wäre!»

«Wo ist das Problem?»

«Das Problem – noch 'n Doppelten und für die Lady, was die Lady trinkt! – Das Problem is', dass ich wirklich dran geglaubt hab, dass die SPD es packt.»

Das war hart.

«Ich hätte ja, das müssen Sie sich mal vorstellen, Lady, bei den andern mehr verdient. Und trotzdem bin ich von wegen Gewissen, Arbeiterkind und so zu den Sozis gegangen. Ich hab alles für die getan. Keine Umfrage, die ich nicht schöngeredet, keine Talkmasterin, die ich nicht eingeseift hab. – Sie sind doch keine Talkmasterin, oder?»

«Ich rede zwar gern, aber es gibt Schamgrenzen.»

«Meine Rede! Für mich noch 'n Doppelten und für die Lady – auch was! Mein ganzer Karriereplan – völlig für die Katz. Sechs Jahre lang Wochenendheimfahrer. Im Sommer im überfüllten ICE noch schnell die Rede für die Einweihung vom Spaßbad Bitterfeld umschreiben und die ganze Zeit denken: ‹Ich will nicht über Spaßbäder schreiben, ich will da reinspringen!› Ich hatte flexible Arbeitszeiten, und im Gegenzug für dieses Entgegenkommen war ich twenty-four seven! – Vierundzwanzig Stunden an sieben Tagen verfügbar. Ich war ein LAP! Kennen Sie LAP? Living apart together. Wochenendehe. Sexualleben gegen null. Beim letzten Verkehr mit meiner Frau vor zwei Jahren hat mich unser Golden Retriever gebissen. Er hielt mich für einen Eindringling. Und ich wusste nicht mal mehr seinen Namen, um ihn zurückzupfeifen. Wenn ich meinen Kindern was aus Berlin mitgebracht habe, haben die gesagt: ‹Wir dürfen nix von Fremden nehmen!› Meine Frau und ich haben dann unsere ehelichen Verpflichtungen bis zum Ende der Legislaturperiode vertraglich auf Eis gelegt – einvernehmlich. Wir gehen marktwirtschaftlich mit unserer Ehe um, wir haben den Sex einfach outgesourct. Und betreiben nur noch das eheliche Kerngeschäft: telefonieren und überweisen. Dann wollt ich auch mal nach Brüssel. Hören Sie mir auf mit Brüssel ... diese EU-Richtlinien, dieser Bürokratismus in Brüssel. Verheugen! Es gibt Völker, die ihren Aufnahmeantrag für die EU nur deshalb zurückgegeben haben, weil Verheugen bei denen aus dem Flugzeug gestiegen ist – so erschreckt haben die sich.

Ich glaube, es gibt für sozialdemokratische Politikberater nur noch eine echte Perspektive: Ab zu Gazprom, den europäischen Gasmarkt sozialdemokratisch gestalten. Was das bedeutet? Ja, äh, alles wird teurer ... aber wenigstens für alle gleich teuer!»

Inzwischen hatten die Saaldiener die weggesackte CSU-Landesgruppe von der Bar in ihre Büros getragen. Der Saal war leer bis auf den Pianisten, der inzwischen die Nationalhymne klimperte, unseren Barmann, gegen den selbst Vitali ein Plappermaul war, und die Putzfrau, die anfing, die Stühle hochzustellen. Feierabend-Idylle im Deutschen Bundestag.

Die Barhocker strecken die beinharten Beine
Zwei Sektflaschen mustern das Angebot
Ein Aktenkoffer blickt sich um und zieht Leine
Die Haifischfrau malt sich die Lippen rot

Der Barkeeper füllt geschickt alle Becher
Mal kommunikativ und mal ganz stumm
Empfängt mit Smiling das Trinkgeld der Zecher
Die Sektflaschen werfen Blicke herum

Das besoffne Klavier riskiert noch ein Auge
Der Oktopus wirft seine Fangarme aus
Beginnt sich an Sektflaschen festzusaugen
Das Kraftpaket haut 'nen Blondinenwitz raus

Der Oktopus winkt mit Tentakeln voll Scheinen
Die Haifischfrau bleckt das Weiße dazu
Das Kraftpaket lässt den Bizeps erscheinen
Das Klavier will bloß seine besoffne Ruh

Die Zeit tropft allmählich in den Rinnstein des Lebens
Das Kraftpaket fragt jetzt direkt, ob ich mag
Doch er engagiert sich völlig vergebens
Mein Geschlechtstrieb hat heut Wandertag

Das besoffne Klavier flucht auf Weiber und so
Das Kraftpaket hat sich am Ego verletzt
Die Sektflaschen kommen tuschelnd vom Klo
Der Tintenfisch hat einen Saugnapf gesetzt

Die Barhocker strecken die Beine zum Himmel
Vom Park weht das erste Hundegebell
Der Mond penetriert einen wolkigen Schimmel
Die Nacht ist zum Schlafen schon wieder zu hell

Ich treibe heim
Und zwar allein
Bin, ohne dass mir etwas fehlt
Ganz allein

+++ 17. Juni 2006, Sportplatz des Bundestags in Berlin-Mitte +++

Die Fahrbereitschaft hat mich zum Sportplatz der Bundestagsabgeordneten gebracht. Hier soll, neben der nötigen geistigen Fitness in dem Job, auch die körperliche gestählt werden. Pofalla, von dem ich hierher geschickt wurde, hat mir gesagt, dass man die wichtigsten Leute in der Politik öffentlich gar nicht kennt. Vor mir steht so jemand.

Er ist im Trainingsanzug, ergänzt durch eine dicke Jacke. Er wippt am Spielfeldrand hin und her. Auf dem Spielfeld laufen bekannte und weniger bekannte Politiker mit hochroten Köpfen und kicken gegeneinander.

«Nu lauft! Voran! Westerwelle, jetzt spiel hier nicht wieder den Clown, sondern mach mit! Das ist ein Haufen. Und die nennen sich Fußballauswahl des Deutschen Bundestags.»

Mein Gegenüber wendet sich jetzt zu mir hin, er ist wirklich empört: «Ich sage Ihnen, wenn wir heute dieses Freundschaftsspiel gegen die Parlamentsmannschaft von Kasachstan verlieren, dann machen wir uns international lächerlich. Kasachstan, von dem man kaum weiß, wo das eigentlich liegt.»

Ich versuche, so etwas wie Kommunikation mit ihm herzustellen: «Mein Name ist Solga, Herr Pofalla hat mich geschickt. Ich soll mich bei Ihnen vorstellen ...»

Er nimmt kaum Kenntnis von mir. Irgendetwas auf dem Spielfeld scheint ihn zu bannen. Trotz meiner grundsätzlichen Unkenntnis, was diesen Sport betrifft, kann ich der linkischen Spielweise der meisten Politiker auf dem Feld entnehmen, dass deren Aktivitäten auf dem Spielfeld einen normalen Menschen unmöglich derart bannen können.

Er schüttelt den Kopf: «Und ausgerechnet ich muss hier den Trainer spielen! Ich, als Grüner! Ich hatte früher mit Fußball nie was am Hut. Ich habe immer nur barfuß im Park Frisbee gespielt. Fußball ist was für Reaktionäre, habe ich immer gedacht. Aber so ist das eben mit dem Proporz. Wissen Sie, nach den Koalitionsverhandlungen 98 fiel uns plötzlich auf, dass wir Grünen gegenüber der SPD einen Staatssekretär zu wenig hatten. Es wurde lange verhandelt. Irgendetwas musste uns die SPD zur Kompensation geben. So bin ich zu diesem Job gekommen. Trainer der Bundestagsmannschaft ...»

Er unterbricht seinen Monolog, und ich kann wieder auf mich aufmerksam machen: «Genau deshalb hat mich Pofalla zu Ihnen geschickt. Er sagte, bei Ihnen läuft einiges zusammen.»

Er zieht die Augenbrauen hoch: «Na ja. Ich will nicht klagen, das ist schon eine verdammt wichtige Position hier!»

Ich nicke Bewunderung heuchelnd: «Das glaube ich!»

Er nickt befriedigt zurück: «Allein die Mannschaftsaufstellung. Ganz schön knifflig. Da müssen Parteizugehörigkeit, Konfession und Bundesland berücksichtigt werden. Zum Glück spielt die Frauenquote hier nicht so eine entscheidende Rolle. Das hier ist eben eine Herrenmannschaft.»

Wie von einer Tarantel gestochen rennt er zum Spielfeldrand und schreit aus voller Kehle: «Westerwelle, jetzt geh doch mal in den Mann rein. Du stellst dich an, als weißt du nicht, wovon ich rede! Hehe!»

Er kehrt befriedigt zu mir zurück und fährt fort: «Tja, hat sich viel verändert in den letzten Jahren. So einen verantwortungsvollen Job wie meinen hätten die Grünen früher doch nie bekommen.»

In diesem Augenblick scheint das Spielgeschehen eine wichtige Wendung zu bekommen. Der grüne Trainer der Bundestagsfußballmannschaft rennt an die Linie: »Jetzt lasst euch den Ball doch nicht von diesem kasachischen Atomtestmutanten abluchsen! Wer hält denn jetzt diesen Mongolen auf! Ja, Trittin, tritt ihn! Super ... Hehe, seitdem wir Grünen in unserem Programm Kampfeinsätze zulassen, spielt der viel unbefangener.

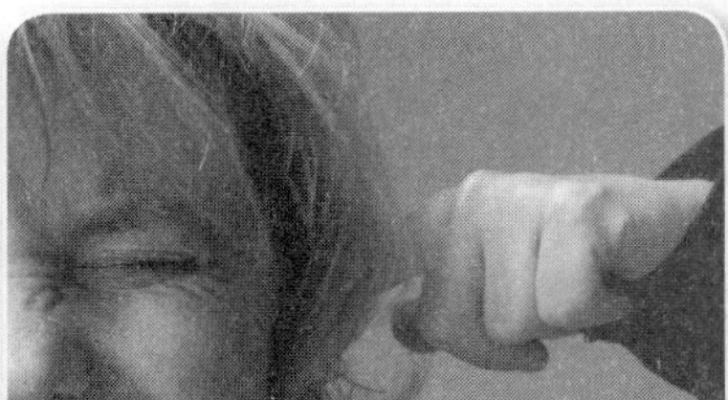

Obwohl er eine Zeitlang immer im Anzug spielen wollte. Haben Sie die Blutgrätsche gesehen, das macht er einzigartig.»

Aufregung auf dem Platz, mein Gesprächspartner wendet sich wieder von mir ab: «Ey, Schiri, das ist doch kein Foul! Das war 'ne Schwalbe!»

Doch der Schiedsrichter entscheidet unbeeindruckt auf Freistoß. Der Trainer versucht jetzt eine Mauer zu organisieren: «Los, Leute, kommt zusammen! Wir müssen eine Mauer organisieren. Friedrich Merz, hör auf, den Gysi zu treten, der gehört in deine Mannschaft. Doch!»

Das Bild der sich bildenden Mauer ist niederschmetternd und erbärmlich. Der Trainer ist niedergeschlagen: «Ich bin ja schon heilfroh, dass ich denen die Fußballregeln halbwegs beigebracht habe. Anfangs hat unser Torwart in kritischen Situationen immer eine Auszeit verlangt. Um zu erfahren, was die gegnerische Mannschaft bereit ist zu zahlen, wenn er ihn reinlässt. Ansonsten: viel Taktik. Manchmal müssen wir sogar verlieren, da dürfen wir aus außenpolitischen Gründen nicht gewinnen. Gegen die Amis zum Beispiel, sonst wird man womöglich hoppladihopp zum Schurkenstaat ernannt. In so einem Fall trainiert der Verteidigungsminister die Mannschaft. Ich sage Ihnen, eine Trainingsstunde mit Struck – da haben die Angst vor. Bei Scharping war das anders. Eine Stunde mit Scharping, und sie können gar nicht mehr gewinnen. Ein ganz steifes Spiel, was die Jungs dann draufhatten. Schliefen im Stehen ein.»

Seine Gedanken werden jäh durch einen Jubelruf des kasachischen Botschaftspersonals unterbrochen. Kasachstan führt 1:0. Der Freistoß wurde verwandelt. Gleichzeitig pfeift der Schiedsrichter zur Pause.

Der Trainer schüttelt den Kopf: «0:1 – gegen Kasachstan! Und das kurz vor der Pause... Denen muss ich einheizen. Ich werde ihnen mit dem Schlimmsten drohen, was man einem Parlamentarier androhen kann: eine Woche Alkoholverbot.»

Der höchste grüne Repräsentant im Staat stampft entschlossenen Schrittes zur Kabine. Für mich das Signal, wieder zum Kanzleramt zu fahren. Ich habe das Gefühl, es gibt Leute in der Politik, die man nicht unbedingt kennenlernen muss, auch wenn Trainer der Bundestagsfußballmannschaft der höchste Job der Republik ist, den die Grünen derzeit stellen können.

+++ 25. November 2007, 13:20 Uhr, in der Kuppel des Reichstagsgebäudes +++

Ich bin an Merkels Seite inzwischen so akzeptiert, dass ich, wie die Dolmetscher auch, sogar offiziell an ihrem Tisch sitzen darf. Ich muss mich nicht mehr in Torten und Kästen verstecken. Ich habe keine Rückenprobleme mehr und muss mich also nicht mehr verbiegen. Ein wunderbares, neues Gefühl.

+++ 12. Februar 2008, 21:47 Uhr, Fernsehstudio in Berlin +++

Ich bin mit meiner Chefin in unzähligen Talkshows. Da sitzen nur Abhängige, die uns mit ihren Drogenphantasien belästigen. Gysi und Lafontaine zum Beispiel. Trotz harter Entziehungskur – sie sind wieder da! In Nordrhein-Westfalen hat Jürgen Rüttgers eine ganze Reha-Klinik aufgemacht. Getarnt als Landeskabinett. Da sitzen Politiker drin, die haben die Nordrhein-Westfalen schon für tot gehalten. Oder für Ausstellungsgegenstände aus der letzten Tutenchamun-Mumienausstellung. So verbraucht sind die. Wenn in einer Disko heutzutage welche tanzen, die über 25 sind, sprechen die Kids von «Mumienschubsen». Hochgerechnet auf den Bundestag wäre das dann Fossilienpupsen.

Aber auch die Ausrangierten melden sich zurück. Heiner Geißler und Kurt Biedenkopf setzen sich freiwillig an einen Tisch – als Streitschlichter. Nur um wenigstens ein bisschen Politik machen zu können. Wahrscheinlich haben die bei der Eisenbahnergewerkschaft angerufen. Könnt ihr nicht mal streiken, wir wollen wieder ins Fernsehen. Man kann sich vorstellen, dass Rudolf Scharping dem Jan Ullrich heimlich Epo in die Zahnpasta gemixt hat, nur um als Fahrradfahrerpräsident wieder in die Talkshows zu kommen.

Alles untote Wiedergänger. Und dann das Bundeskabinett. Michael Glos! Mit einem Gesichtsausdruck, der sagt: «Eigentlich wollt ich ja Pferdemetzger werden. Aber dann hat Papi gesagt: ‹Junge, bei deinem Gesicht werden ja die Pferde scheu – geh lieber in die Politik und erschreck da die Sozis!›»

So wie Pastor Hintze. Der soll ja auch wieder seinen Weg in die Politik finden. Pastor Hintze! Ich hatte den schon so verdrängt, ich hätte vom Gefühl her gesagt, der Name stammt aus der Zeit der Reformation. Luther, Müntzer und Hintze.

Nicht mal, wenn ganze Politikmodelle ins Trudeln geraten. Zum Beispiel Angela Merkel:

«Ich habe gesagt, ich will keine Große Koalition – und es wird sie auch nicht geben.» Hat sie gesagt: im Juli 2005. Hat nachher auch keiner im Kanzleramt angerufen. Irgendwie peinlich finde ich das trotzdem.

Hätte sie sich mal einen Zettel gemacht, wo sie sich so was aufschreibt. Ja, dann vergisst man das nicht. Mach ich auch immer so.

Es gibt Tage, da kann ich mir nichts merken. Da muss ich mir die einfachsten Dinge auf meinem Zettel aufschreiben. Das Schöne ist, dass man die nachher abstreichen kann. Dann hat man das Gefühl, man hätte was geschafft. Ich schreib das dann immer so auf: Zähne putzen. Müll runterbringen. Aufstehen. Sonst vergesse ich das glatt. Ich muss mir die Dinge aufschreiben.

Oder: Du gehst essen. Hast dir Salat vorgenommen, was Leichtes – und dann siehst du die Speisekarte vor dir. Schwups, steht der Grillteller da. Hätte ich mir das mit dem Salat doch besser aufgeschrieben. Oder Wählen. Dann stehe ich vor der Wahlurne, den Wahlzettel mit den vielen Parteien in der Hand ... Was wolltest du nochmal wählen? Zu Hause auf dem Zettel steht es. Aber hier in der Wahlkabine weiß ich es dann plötzlich nicht mehr so genau. Wenn ich wieder zu Hause bin – dann sehe ich die alle wieder im Fernsehen und denke: Was hattest du nochmal für einen Grund, die zu wählen ...? Vergessen ...

Bei uns Ossis war das mit den Wahlen viel entspannter. Müsste Merkel doch noch wissen! Das Ergebnis stand schon vorher fest. Der erste Wähler bekam einen Blumenstrauß. Wenn ich um 17 Uhr noch nicht da war, stand ein Auto vor der Tür, da wurde ich sogar abgeholt.

Heute ist das viel zu kompliziert. Ich geh auch nie wieder wählen. Wenn der Kellner fragt: Hat die Dame schon gewählt?, sage

ich ja auch nicht: Bitte bringen Sie mir das Essen, wovon mir am wenigsten übel wird!

Das regt mich alles so sehr auf ... Und ich will mich ja nicht ständig aufregen. Nein, ich will so ruhig und gelassen sterben wie mein Großvater und nicht hysterisch schreiend wie sein Beifahrer ...

+++ 20. Mai 2008, 16:10 Uhr, Plenum des Bundestags +++

Endlich hat sie mal ein Machtwort gesprochen. Eine Rede vorm Bundestag. Ich sitze im Ü-Wagen, Knopf im Ohr. Merkel am Rednerpult, Knopf im Ohr. Sie will diesmal alles richtig machen und meiner Anweisung folgen, alles korrekt nachsprechen. Um es vorwegzunehmen: Sie hat mir jedes Wort nachgesprochen. Leider war der Knopf im Ohr defekt. Wir hatten einen Hall im Mikro, ein Echo in der Leitung. Und sie hat sogar das Echo nachgesprochen! Dann gingen mit mir die Pferde durch. Ich hab mich nicht mehr an den Text gehalten und schließlich frei improvisiert.

Meine Damen und Herren,

die Bundesregierung hat bisher vieles geleistet.
Aber schon der Januar war hart für die Verbraucher [-RAUCHER].
Nun stehen wir vor neuen Herausforderungen
und weiteren Qualen [-WAHLEN].
Und da sehe ich doch gleich Sie, Parteifreund Koch [-OCH].
Geschwächt im Kampf mit Frau Ypsilanti [-ANTI],
Nur weil ein paar Rentner ängstlich vor Migranten [-RANNTEN],
Schlingerten Sie sich mit dem Thema Ausländer und Gewalt [-ALT]
Leider durch die Wahl [-AAL].
So kann die CDU nicht gewinnen [-INNEN].
Herr Koch, Sie wollen nach Berlin? Bleiben Sie lieber in Hessen [-ESSEN]*!…*

Wir, die CDU, sind gegen den Mindestlohn [-HOHN]
Und für den Gesundheitsfonds.

Da zahlen dann die Kassen sogar **zwei** *Prothesen für die Beine*[-EINE]*!*
Auch für die Prostata verspricht Frau Schmidt neue Methoden[-HODEN]*!*
Das, *Frau von der Leyen, bringt auch mehr Kinder*[-INDER]*.*
Mir wirft man vor, ich sei zu viel im Ausland:
Dabei mag ich keine Griechen[-RIECHEN]*,*
Auch nicht Sarkozy[-IIH]*,*
Da wird mir schlecht[-ECHT]*!*
Ich verkaufe unsere Produkte zum Beispiel an die Saudis[-AUDIS]*.*
Und auch in Afghanistan haben wir so manche Rechnungen zu begleichen[-LEICHEN]*.*
Ich kümmere mich um das alte Europa[-OPA]*.*

Viele hier in Deutschland meckern über meine Kleider[- LEIDER]*!*
Dabei schaue ich selbst jeden Tag bei Udo Walz in den Spiegel[-IGEL]
Und sehe mich dabei durchaus als Frau[-AU]*.*
Das bestätigen mir auch meine Assistenten[-ENTEN]*.*
Meine Damen und Herren, woher kommen in unserem Land die größten Kosten?[-OSTEN]*.*
Es nützt doch nichts, wenn **ich** *den Gürtel enger schnalle*[-ALLE]*!*
Unsere Bürger müssen bis 67 schaffen[-AFFEN]*,*
Und Nokia steckt Subventionen in die Tasche[-ASCHE]*.*
Apropos Asche:
Die Mehrwertsteuer kassiert man in den Ländern[-ÄNDERN]*.*
Die wollen wir im Bund[-UND]
ich sage Ihnen:
Riestern fördert die Rente[-ENTE]*.*
Da staunen Sie, Herr Gysi[-EASY]*.*
Wir brauchen weniger Bürokratie[-IIH]*.*
Nun ist Stoiber in Brüssel[-RÜSSEL]
und taugt nur als Aktenfalter[-ALTER]*.*
Dafür darf die CSU in Bayern[-EIERN]*.*

Meine Damen und Herren, ich muss es so sagen:
Von der SPD kommt leider nur Banales[-NAHLES].
Wer wollte denn Hartz vier[-IHR]*!*
Und was haben Sie überhaupt im Kopf, Herr Olaf Scholz?[-HOLZ].
Ja, Herr Struck – Sie hätten lieber wieder Ihren Schröder[-ÖDER]*?*
Sie sind doch auch nur ein alter Schleimer[-EIMER].
Und auch Claudia Roth ist nicht ganz bei Sinnen[-INNEN].
Hören Sie doch auf mit dem Geschmolle[-OLLE].
Mit Ihnen koalieren, da würd ich lieber sterben[-ERBEN].
Hubertus Heil, seien Sie doch ruhig, ich blas Ihnen sonst den Marsch[-ARSCH].
So! Jetzt hab ich es Ihnen aber gegeben![-EBEN].
Glauben Sie mir: Die Koalition steht vor einer Wende[-ENDE].
Dafür bürge ich mit meinem Namen[-AMEN]*!*

Angela gibt eine ihrer besten Vorstellungen. Anschließend muss sie notbeatmet werden.

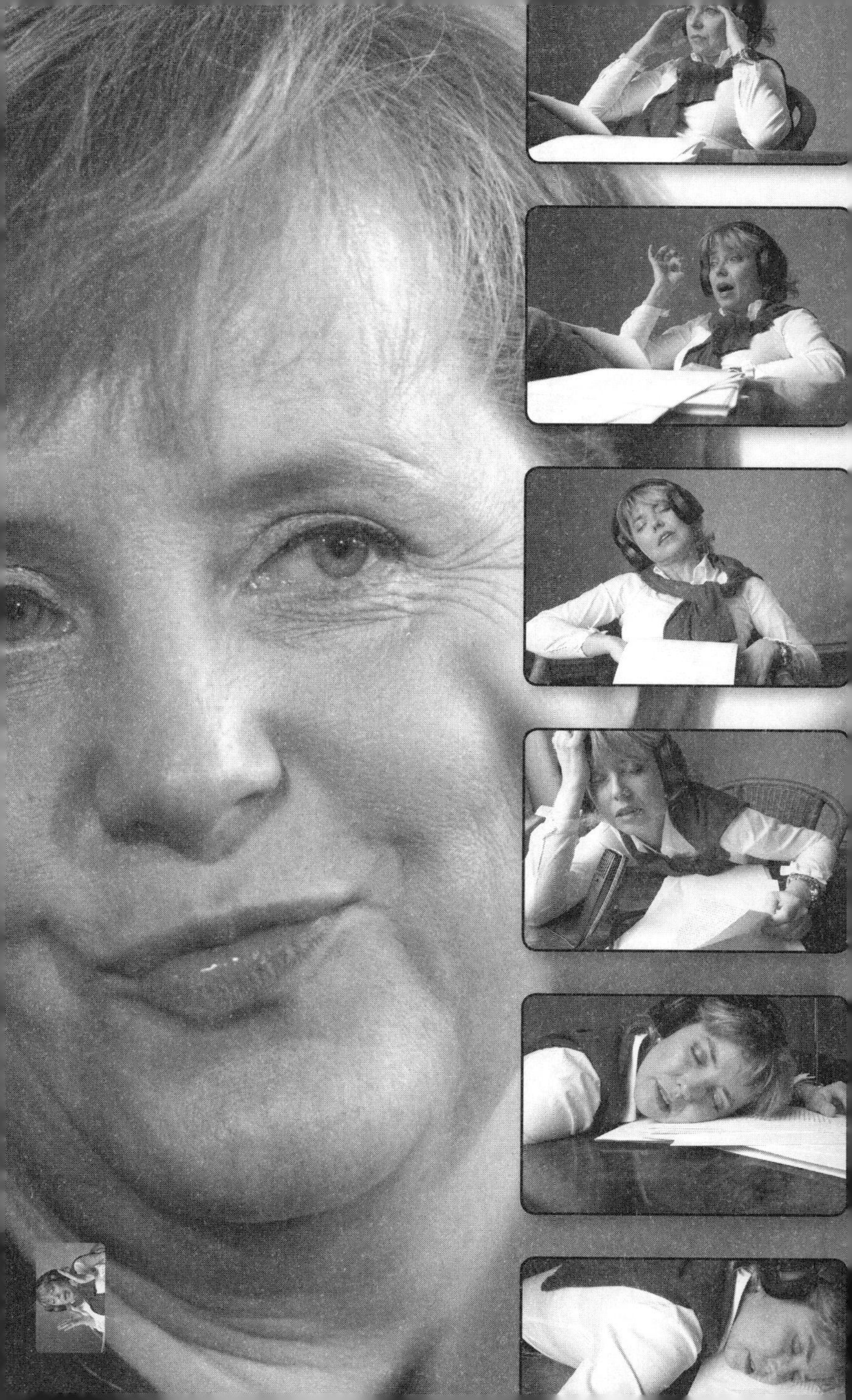

+++ 16. Juli 2008, 14:27 Uhr, in einem Hubschrauber über Borkum +++

Wir reisen wirklich viel durch die Welt – sie und ich und ihr Bodyguard. Vitali!

Er ist ein Top-Spezialist: Wer mit Putin durch Tschetschenien gehen konnte, der kann auch Merkel durch die neuen fünf Länder führen. Aber: Geht Tschernobyl hoch: «Niecht sprechen!» Tschetschenen-Überfall: «Niecht sprechen!» Der Tod von Frau Politkowskaja ... Vitali hat gelernt zu schweigen ... So sind die Russen: Sie haben viel Herz und sind sehr sentimental – aber wenn es in irgendeiner Weise schwierig wird, heißt es: Niecht sprechen!

+++ 28. Oktober 2008, 21:58 Uhr, Kanzleramt, Konferenzsaal 3, Krisensitzung +++

23 Billionen Euro. Das ist die Zahl, die auf den Unterlagen vor uns zu lesen ist. Mir wird schwindelig. So viel Geld wurde in den letzten Wochen verbrannt. Die 8000 Miesen auf meinem Konto wirken dagegen so lächerlich, dass ich mich ein bisschen schäme. 23 Billionen Euro.

Angela hat die Krise in den ersten Tagen überhaupt nicht ernst genommen. «Die Börse macht immer mal Ärger», war ihr Kommentar, als der erste Referent auf die Abläufe in der Wall Street aufmerksam gemacht hat.

Diese Einstellung hat sich inzwischen geändert. Ursache war ein Besuch von Steinbrück, den ich live miterlebt habe.

Über Steinbrück kann man eine Menge sagen. Er ist provinziell, er ist ein Korinthenkacker, er ist ein humorloser Besserwisser, kurz: Er ist ein zum Minister mutierter Sparkassenangestellter im Körper eines Sparkassenangestellten. Aber er hat einen deutlichen Vorteil als Finanzminister, der ihn von seinen Vorgängern positiv abhebt: Er kann Zahlen nicht nur deuten, sondern auch addieren und subtrahieren. Steinbrücks Gesicht war schon beim Reinkommen verkniffener als sonst.

«Na, Peer, warst du wieder in deinem Heimatwahlkreis, oder warum siehst du so schlecht aus?»

Angelas Frage war darauf gemünzt, dass Peer den Kontakt zu seinen Wählern nur ungern aufnimmt. Er hasst dieses Fraternisieren oder möglicherweise das Baden in der Menge. Deswegen war für ihn der Job des Ministerpräsidenten von Nordrhein-Westfalen auch die absolute Höchststrafe. Es gibt kaum einen öffentlichkeitsorientierteren Job als Ministerpräsident in einem Flächenland. Man kommt aus dem Händeschütteln gar nicht mehr heraus. Als nordrhein-westfälischer Ministerpräsident muss man Männerschweißgeruch nicht nur ertragen kön-

nen, man muss ihn lieben. So sehr geht man auf Tuchfühlung mit den Menschen. Für Steinbrück ist das nichts. Es gibt sogar die Vermutung, dass Steinbrück die Wahlen in NRW bewusst verloren hat, nur um seinen Posten in Düsseldorf verlassen zu können.

Wenn Steinbrück also weiß, dass er wieder in seinen Heimatwahlkreis muss, um beispielsweise eine Turnhalle einzuweihen oder einen SPD-Neujahrsempfang durchzuführen, dann hat er schon drei Tage vorher schlechte Laune. Und die ersten drei Tage nach dem Besuch sind nicht viel besser. Da quälen ihn noch die Eindrücke und das Wissen, demnächst irgendwann mal wieder dahin zurückzumüssen.

Er hatte also das Heimatwahlkreisgesicht, konnte Angelas scherzhafter Eingangsbemerkung aber nichts abgewinnen.

«Das wird schlimm, Angela.»

Diese auffallend kurzen Sätze wie bei Müntefering. Haben die von der SPD jetzt auch einen gemeinsamen Souffleur, oder gleicht sich die Sprache auf den Gängen des Willy-Brandt-Hauses einfach an? In den letzten Wochen hatte man auch den Eindruck, bei Steinmeier entwickelt sich die Stimme immer mehr hin zu einer exakten Kopie von Schröder.

«Was wird schlimm?»

«Diese Finanzkrise. Das mit der Lehman-Bank kostet uns alle noch den Kragen. Da muss irgendetwas gehörig schiefgegangen sein ...»

In diesem Augenblick wurde mir ganz mulmig. Lehman im Zusammenhang mit Amerika ... Da war doch vor zwei Wochen dieses Gespräch.

Angela beauftragt mich aufgrund ihrer beschränkten Englischkenntnisse manchmal, die Telefonate mit Washington zu übernehmen. Sie ist ja DDR-sozialisiert, und dafür ist ihr Englisch geradezu perfekt, aber es hapert manchmal ein wenig, und sie empfindet es als anstrengend. Deshalb darf ich sie manchmal vertreten, vor allem wenn die bilateralen Telefonate Themen anschneiden, die als nicht so relevant eingestuft werden. Es ging auch nur um eine Kleinigkeit. Ich sollte wegen unseres Papstes ein paar Worte mit Bush wechseln. Der war mal wieder in Afrika gewesen und hatte den Menschen dort gesagt, sie sollten keine Kondome benutzen, weil die Seuchen wie Aids eher fördern als behindern. Wegen der Moral. Eine eher steile These!

«Hello, Mr. Bush.»

«Angie! How are you?»

«Fine, George.»

«I like your German pope Ratzinger. He makes a good job.»

Ich musste Angelas leicht beschränktes Englisch natürlich kopieren, damit ich authentisch klinge. Also sage ich: «Find we not. This what he said with the ... Wie heißt denn das? Ach ja, condoms.»

«Kongo? He was even in Kongo?»

«This was not good.»

«Oh yes, the situation in Congo is problematic. Congo ... it is South America, isn't it?»

Als Angela wollte ich beim Thema bleiben: «I want to ... »

Aber George glaubte sich jetzt genau zu erinnern, wo Kongo liegt. «Close to this motherfucking Venezuela. You know Hugo Chavez?»

«Yes, but we talked about Ratze.»

«Ratze?»

«He is not like our Bischof Lehmann.»

«Lehmann?»

«Not to verwechseln with our Torwart Jens Lehmann.»

George war der Zusammenhang nicht ganz klar. «What the hell is Lehman Brothers helping against this fucking communist in Caracas?»

Ich war noch ganz berauscht von dem Gedanken an unseren Nationaltorwart, dass ich gleich weiter ins Schwelgen

kam. «Hehe, if our Jens Lehmann is playing against your Nationalmannschaft, he has often nothing to do!»

«Sorry, Angie, I don't understand. You mean Lehman Brothers should do nothing?»

«Yes, that makes the Gegner nervös.»

«I understand. If our bank system is doing nothing, our enemies will crash down.»

«Na ja, fast!»

«Fast! I understand. Lehman should stop its activity.»

«Yes!»

«Very interesting method. Kill your enemies by killing your own economy. Angie, you are great.»

Noch am selben Tag meldete sich die amerikanische Bank Lehman Brothers zahlungsunfähig. Die Krise begann. Und tatsächlich, der Ölpreis sinkt stetig, und Hugo Chavez hat weniger Petrodollars, um seine antiamerikanische Politik in Südamerika fortzuführen.

Dafür leidet aber auch der gesamte Westen und allen voran die USA.

Und jetzt herrscht Krisenstimmung im Kanzleramt, und diese Zahl 23 Billionen steht vor uns schwarz auf weiß auf dem Papier, und ich habe das Gefühl, nicht ganz unschuldig daran zu sein.

+++ 29. Oktober 2008, 4:33 Uhr, Kanzleramt, Kaminzimmer, nach der Krisensitzung +++

Angela und ich sitzen vor dem Kamin. Es herrscht Katerstimmung. Keiner weiß, welche Mittel man einsetzen muss, wo es langgehen soll.

Meine Chefin ist verzweifelt: «Das Schlimme ist, dass ich manchmal gar nicht weiß, wie es weitergehen soll. Und dann würde ich mich gerne auch mal auf einen Mann verlassen und denken: Ach, soll der das doch mal richten! Simone, wissen Sie, man mag es vielleicht nicht glauben, aber ich mag Männer, die dieses Signal verstehen, die dann einfach machen.»

Ich schaue sie fragend an. Sie scheint meine Gedanken zu lesen, und dann sprudelt aus ihr heraus, was sich scheinbar schon lange angestaut hat: «Zum Beispiel, ich sitze mit meinem Mann in einem Restaurant und signalisiere ihm durch ein ‹Ich weiß gar nicht, was ich essen soll›, dass er das übernehmen kann. ‹Ja, mein Goldlöckchen›, so nennt er mich immer, ‹du, da musst du dich erst mal grundsätzlich entscheiden: Willst du jetzt Fisch oder Fleisch oder vegetarisch! Und bist du heut eher der Nudel- oder der Kartoffeltyp?› Simone, wissen Sie ... es ist nicht schön, als Frau gefragt zu werden, ob man der Nudel- oder der Kartoffeltyp ist.»

Da muss ich ihr beipflichten. «Aber was hat das mit der Weltwirtschaftskrise zu tun?»

«Männer und Frauen leben zwar in derselben Welt, interpretieren die Welt aber verschieden. So wie jeder einzelne Mensch die Welt anders sieht als der jeweils andere. Das fiel mir schon in meiner Kindheit auf. Wir wohnten im sechsten Stock. Riesenausblick über die ganze Stadt Templin. Und mein Vater hat immer versucht, mir interessante Dinge in der Umgebung zu zeigen: Guck mal, Angela, da lässt einer 'nen Drachen steigen!

Wo?

Da vorne, rechts vom Kirchturm.

Wo?

Siehst du das nicht? Da rechts. Zwei Finger rechts von der Uhr.

Wo?

Pass auf. Siehst du deine Schule? Wenn du von da aus mit deiner Hand eine Linie nach rechts machst und von da aus eine Handbreit nach oben gehst, da ist der Kirchturm, dann zwei Finger nach rechts, und da isses.

Wo?

Ja, jetzt ist er weg.

Mir sind die Sachen, die meinem Vater aufgefallen sind, nie aufgefallen.

Kennen Sie den Königssee in Berchtesgaden, Simone? Wenn man da auf einem Ausflugsbötchen fährt, gibt es eine Stelle, von der man eine Bergformation sehen kann, die angeblich aussieht wie eine liegende Hexe.

Da sagen die im bayerischen Dialekt: ‹Meine Damen und Herren, wenn Sie sich jetzt bitte umdrehen würden. Dort sehen Sie das Wendelstein-Gebirge, und wenn Sie ein wenig die Phantasie spielen lassen, werden Sie sehen, dass die Berge von hier aus aussehen wie eine schlafende Hexe.›

Alle sagen: ‹Aaah! Kinder schaut mal, eine Hexe.› Die Kinder freuen sich: ‹Oh, eine Hexe!› Über 100 Menschen sehen die Hexe.

Ich sehe das nicht, wo ist das? Herr Kapitän, wo soll das sein?

‹Na, hinter Ihnen, meine Dame!›

Ich bin in diesem Urlaub insgesamt 25 Mal mit diesem Bötchen gefahren, weil ich es sehen wollte. Ich habe das nie gesehen, bis heute nicht.

Frau Solga, niemand weiß noch, wo es langgeht. Nicht mal ich, die Kanzlerin. Wo steuern wir hin?»

Dann schweigt sie.

Ich bin ganz ergriffen. Eine Kanzlerin erlebt ihren Moment der Wahrheit.

Das ist eine ganz vertrackte Situation. Man hat wirklich den Eindruck, es müsste jemand kommen. Einer, der uns mal zeigt, wo es langgeht. Nein, nicht die übliche deutsche Lösung. Kein starker Mann. Ich meine eher so eine Art demokratischer Messias. Kann also auch eine Frau oder eben ein weicher Mann sein. Der uns mit seiner Andersartigkeit verblüfft. Der nebenbei ein bisschen Wasser in Wein verwandelt und dann im richtigen Augenblick die passenden Worte zu unserer Zeit findet. Aber wenn Papa Gott heute seinem Sohn sagen würde: «Junge, geh da mal runter!», würde der doch antworten: «Nee, Vatter, da unten ist doch alles verkorkst. Und 'ne Kreuzigung wär denen doch gar nicht spektakulär genug ... außerdem fahren immer Panzer durchs Bild ... schau dir doch mal den Unfug bei den Passionsspielen in Oberammergau an!»

Aber man stelle sich mal vor, er würde runtergehen. Zunächst könnte er eigentlich recht easy ins alte Wundergeschäft einsteigen. Er könnte zum Beispiel mit seinen Tricks bei «Wetten, dass ...?» auftreten: «Wetten, dass ich mit drei Fischen und zwei Broten die vollbesetzte Mehrzweckhalle von Aschersleben satt kriege?»

Natürlich gäbe das ziemlichen Ärger: Die Mehrzweckhalle Aschersleben ist exklusiv an eine jüdische Catering-Firma vergeben, an der ein Inder und ein Taiwanese beteiligt sind.

Gut, Gottes Sohn könnte ohne weiteres die Lotto-Toto-Annahmestelle in Aschersleben betreiben. Die Lotto-Toto-Annahmestelle. In Aschersleben.

Wenn Jesus dann im August angesichts seiner bevorstehenden Geburtstagsfeier die Schaufenster seines Lottoladens mit den seltsamsten Devotionalien wie Weihnachtsengeln und bärtigen Männern, die wie sein Vater aussehen, dekoriert, taucht eine alleinerziehende Mutter mit vier Kindern von vier verschiedenen Vätern bei ihm auf und kauft für 1 Euro ein Los. Nur ein Los. Er streicht über das Los, total sanft und zärtlich, murmelt irgendetwas. Die Frau öffnet das Los und stürzt jubelnd aus der Lotto-Toto-Annahmestelle. Alle vier Kinder kriegen sofort das fetteste Aldi-Eis.

Fragt sich in unserer modernen Welt: Wenn er solche Begabungen hat, warum setzt er die nicht mal gewinnbringend für sich selber ein? Dreimal Hauptgewinn, und er kann sich am See Genezareth einen schönen Lenz machen, ab und zu einen durchziehen, die Schuppenflechte auskurieren, baden, schnorcheln – wobei: Untertauchen geht nicht wegen der Füße ...

Aber er kann auch was Sinnvolles tun: als Messias auftreten, Weltreligionen befriedigen, Kriege beenden. Wäre doch auch mal was! Bestimmt wird irgendwann auch wieder 'ne Stelle als Papst frei. Warum soll man nicht eine Hierarchiestufe einsparen, und er macht die Stellvertretung hier selber, ist doch eh ein Familienbetrieb da oben. Na Gott ... muss er selber wissen!

Helfen ist gar nicht so leicht. Nehmen wir die Geschichte mit der alleinerziehenden Mutter. Wie würde das weitergehen? Die BILD-Zeitung erfährt davon, macht eine Story draus. Die staatliche Lotteriegesellschaft Sachsen-Anhalt schreibt dem Annahmestellen-Inhaber Jesus umgehend einen scharfen Brief und droht unmissverständlich: Wenn er das noch einmal macht, verliert er seine Lotterielizenz und kann zurück zu seinem Vater gehen.

Man sieht, auch Gott hätte es derzeit nicht leicht, unsere Probleme zu richten. Außerdem geht das gar nicht. Alle Probleme kann man nicht richten, es werden immer welche bleiben.

Was natürlich meinem alten Kinderglauben widerspricht. Dieses Gefühl: Wann ist denn endlich fertig? Früher in der Schule in Mathe war das immer so: Du musst jetzt so lange Bruchrechnung lernen, bis die Mathearbeit kommt, und dann kannst du

das! Es gab also ein Ziel – Mathearbeit –, und dann war fertig. Damals gab es das noch, diesen Zustand: Alle Hausaufgaben erledigt, ich kann spielen. Und das habe ich dann auch auf meine Umgebung bezogen. Wenn meine Eltern mal Streit hatten, habe ich gedacht, irgendwann haben die fertig gestritten, und dann gibt's nichts mehr zu streiten, und dann können die endlich auch mal miteinander spielen. Müssen die ja mal gemacht haben, sonst wäre ich ja nie entstanden, oder?

Aber auch heute habe ich das noch manchmal, den Gedanken, es müssen Dinge auch mal abgeschlossen werden. Bei Baustellen zum Beispiel. Da frage ich mich immer: Irgendwann muss es doch mal einen Moment geben, wo alle Baustellen erledigt sind und wir völlig staufrei durch Deutschland fahren können. Oder die Politiker haben alle Aufgaben erledigt und sind endlich mal – wenigstens mal für einen Tag – fertig mit Regieren. Können sie mal auf den Hof, 'ne Runde spielen.

Die Nachrichten hätten dann auch mal einen Tag nichts zu berichten, und es gibt gleich den Wetterbericht: «Daa da daradaada: Meine Damen und Herren, es ist 8 Uhr – das Wetter ...» Und danach wie gesagt keine Staunachrichten, weil es ja keine Baustellen mehr gibt. Für viele das Himmelreich. Für Katholiken. Für Lenin wäre das der Zustand des Kommunismus gewesen. Alle Klassengegensätze sind aufgehoben. Das wurde uns ja früher erzählt: Alles, was noch nicht fertig ist und nicht so gut funktioniert, also in der DDR eigentlich sowieso alles, das funktioniert nur deshalb nicht, weil es auf dieser Welt noch immer den Klassenfeind gibt. Wenn der mal weg ist, ist alles gut.

Das war der Grund, weshalb viele Ossis auch dem Kohl so geglaubt haben. Die haben gedacht: Na ja, besiegen können wir den Klassenfeind nicht mehr, dann machen wir ihn eben zum Freund, und dann gibt es ja auch irgendwie keinen Klassenfeind mehr, und dann wird eben auch alles gut. «Na güd, fünf Johre gönnen wir ihm noch gäben für die blühenden Landschaften, obor dann ...»

«Aber dann» kam nie. Und: «Aber dann» wird auch bei unseren Reformen nicht kommen. Das habe ich auch erst gemerkt, als ich meinen ersten eigenen Haushalt hatte. Fertig gibt es nicht. Zum Beispiel ein Badezimmer. Das kann eigentlich gar nicht fertig geputzt sein. Da gibt es doch immer irgendeinen Punkt, wo man denkt, da könnte man noch ... Und selbst wenn. Dann kommen ja erst die anderen Zimmer. Und wenn man dann endlich mit allem fertig wäre, geht es eigentlich wieder von vorne los.

Und so ist das mit den Reformen auch ... Am Tag nach den nächsten einschneidenden Reformen, die uns endlich in Richtung Lösung unserer Probleme führten, gibt es immer wieder eine neue Folge von «Anne Will», wo uns ein gebückter Unternehmer sagt: «So geht es nicht weiter!» Und dann ist da wieder ein Politiker, der sagt, Deutschland ist noch lange nicht fit für die Anforderungen des dritten Jahrtausends ... und wir alle haben schon vergessen, dass uns das vor sieben Wochen derselbe Typ genauso schon mal gesagt hat.

Das ist das größte Problem für die Deutschen: die Vergesslichkeit. Wir vergessen immer alles sofort. Das ist anders beim Franzosen. Deshalb sind die viel revolutionärer. Der Franzose macht ja schon eine Revolte, wenn dem jemand seinen Weichkäse gefährdet. Der Franzose macht sich einen Knoten ins Baguette oder ins Croissant, und das wird dann den Verantwortlichen Krümel für Krümel vorgerechnet. Der Deutsche hat sein Graubrotschnittchen schon lange aufgegessen und käut es höchstenfalls wieder. Muhh!

Wir Deutsche und ich, wir sind das vergesslichste Volk der Welt. Kohl hat die Namen seiner Spender vergessen, Schröder hat vergessen, dass er die Arbeitslosenzahlen senken wollte. Die meisten Deutschen vergessen regelmäßig, die GEZ-Gebühren zu zahlen, wie viele orientierungslose Rentner wurden von

ihrer Familie schon mal aus Versehen an der Raststätte einfach vergessen, und ich bin mir sicher, dass unsere Geburtenrate nur deshalb so schlecht aussieht, weil viele Frauen einfach vergessen haben, die Pille rechtzeitig abzusetzen. Und wir haben es als Volk beinahe verstanden, ganze 1000 Jahre komplett zu vergessen. Na gut, es waren eigentlich nur zwölf. Aber viele haben das damals geschafft: einfach vergessen. Angefangen hat das 1933, da haben wir sogar unseren Verstand vergessen.

+++ 5. November 2008, 14:22 Uhr, Autobahnraststätte, auf dem Weg zum Altersheim meiner Großmutter +++

Habe mir eben auf der Autobahn noch einmal Gedanken zum Thema Vergessen gemacht.

Das Einzige, was wir Deutsche nicht vergessen haben, ist, wie viel Euro eine D-Mark war. Die D-Mark werden wir nie vergessen. Nicht solange eine Currywurst mit Pommes an der Autobahnraststätte 8,90 Euro kostet – das sind fast 18 Mark!!! 18 MARK!!! Hallo!!! Da kommt ganz kurz auch beim Deutschen der Revoluzzer hoch, da könnte er kurzfristig eine Sitzblockade machen. Direkt vor dem Selbstbedienungsbereich, denn für die 18 MARK wird es einem ja noch nicht mal gebracht!!!! Ihr ABZOCKER!!! Aber, das denkt sich der Deutsche dann im nächsten Moment: Was bringt eine vereinzelte Sitzblockade an einer x-beliebigen Autobahnraststätte irgendwo im Spessart? Denn, und das ist der wesentliche Unterschied zum Franzosen, der Deutsche hat vergessen, wie man den Protest bündelt, wie man sich zusammenschließt oder einfach zusammenhält.

Zusammenhalten, das kann der Deutsche gar nicht mehr. Nicht umsonst ist das Wort «Solidarität» im Deutschen ein Fremdwort. Das merkt man übrigens auch auf deutschen Raststätten. Und zwar auf den Toiletten. Wenn man da dieses Schild liest: «Verlassen Sie bitte den Toilettenbereich, wie Sie ihn vorfinden wollen.» Es gibt zwei Möglichkeiten, wie man dieses Schild mit dem, was man dann vorfindet, in Einklang bringen kann: Entweder die Deutschen mögen Toiletten mit Graffiti, Sexsprüchen, angefackelten Türen, Scheiße am Klodeckel, Pipi auf der Brille und Spucke an der Wand sowie leeren Seifespendern und Papierbehältern, was man nicht glaubt, wenn man die privaten Toilettenverhältnisse der Deutschen kennt – oder es ist ihnen einfach scheißegal, wie der Nächste sich fühlt.

Eine Vermutung, die sich spätestens dann aufdrängt, wenn man die Raststätte verlassen hat und mitbekommt, was so auf der Autobahn läuft an gelebtem Verdrängungswettbewerb.

Es gibt viele Autofahrer mit PS-stärkeren Modellen, die würden auf der Autobahn gerne das indische Kastensystem einführen. Die Unberührbaren, also Kleinwagen mit unter 80 PS, dürfen die Autobahn erst gar nicht befahren, strittige Vorfahrtsfragen werden nach PS-Zahlen entschieden, und Kleinwagenfahrerinnen müssen BMW-Fahrern jederzeit zur Verfügung stehen.

Aber was sind das eigentlich für Perspektiven in unserem Land? Rente gibt's nicht, Bildung ist nicht, und die D-Mark kommt auch nicht wieder! Das ist doch trist. So wie unsere Innenstädte. Gut, dass die alle gleich aussehen, daran hat man sich gewöhnt. Dass man zwischen Kamps-Bäckereien, Pizza-Hut und Schlecker-Märkten nicht mehr merkt, ob man nun in Bergheim, Hanau oder Suhl steht. Dass man aber zunehmend den Eindruck bekommt, man könnte genauso gut in einer bulgarischen oder lettischen Fußgängerzone stehen, weil es auch immer mehr 99-Cent-Geschäfte gibt und man immer mehr Leute sieht, die was aus den Mülleimern fischen müssen, das finde ich schlimm.

Das triste Gefühl kannte ich ja schon vorher. Damals. Obwohl da niemand was aus den Mülleimern gefischt hat. Aber die Frage darf ich doch als anerkannte Widerständlerin in der DDR stellen: Hab ich dafür anno 89 hinter der Gardine gestanden? Gut, wir haben heute im Baumarkt noch mindestens 48 verschiedene Wasserhähne zur Auswahl, das war in der DDR nicht vorstellbar. Auch 18 verschiedene Parteien auf dem Wahlzettel nicht. Aber dieses Niedergangsgefühl, das gab es schon in der DDR. Irgendwie kommt alles wieder ...

+++ 5. November 2008, 14:34 Uhr, Altersheim in Leipzig +++

Als ich durch die Einfahrt komme, sehe ich meine Oma schon von weitem. Sie sitzt auf der Bank, gleich neben dem Denkmal des Erbauers des Pflegeheims. Eine gewisse Ähnlichkeit mit Mario ist nicht zu leugnen.

Neben ihr sitzt Peking, ein Pfleger aus Niederbayern. Auf seinem Namensschild am Kittel steht P. King. Daher der Spitzname.

Ich überreiche ihr zwei Flaschen Gorbatschow. «Mone, ich spende nichts für Trinkerheime. Die sollen gefälligst zu Hause trinken, wie ich auch!»

Ich habe ihr von meinem Frust in Berlin erzählt und dass die da alle so inkompetent wirken. «Mone, ich habe den Eindruck, die sind nicht inkompetent – die haben einen Plan.»

«Was für einen Plan?»

«Die Deutschen lieben es, ganz am Boden zu sein, um dann wie ein Phönix aus der Asche zu kommen. Deshalb führen sie Kriege, sind am Boden und kommen dann wieder. Deshalb lassen sie sich aufteilen und vereinen sich dann wieder. Deshalb spielen sie schlecht Fußball und werden dann Fußballweltmeister! Und jetzt tun sie, als ginge wirtschaftlich gar nichts, und dann kommen sie doppelt und dreifach!»

Wind kommt auf, und ich bringe sie in ihr Zimmer.

Wir leben in der Retro-Zeit, alles kommt irgendwann wieder. Plötzlich ist Howard Carpendale wieder da. Was ist der beliebteste Handy-Klingelton? Nicht Sweety, nicht Schnappi. Es klingelt heute wieder so, wie es früher geklingelt hat. Als es noch nicht so geklingelt hat, wie es heute wieder klingelt – es klingt wieder schön nach Wählscheibentelefon. Überhaupt: Irgendwann gibt es auch die Wählscheibe wieder. Und die Kids rufen: «Oh, supergeil – ein Handy mit Wählscheibe!»

Für den Trabbi kam der Smart, man isst wieder Spreewaldgurken und trinkt seit einiger Zeit wieder deutschen Wein. Deutschen Wein. In den 70ern hat kein Schwein deutschen Wein getrunken – damit hat man sein Auto enteist.

Statt Rabattmarken gibt es Happy-Digits-Bonuspunkte. Retro ist in. Aber zurück auf Anfang heißt ja auch, es kommt nichts Besseres nach!

Die Deutschen haben das erkannt. Nur die Merkel sieht das noch falsch. Dieses sture Festhalten an der Zukunft! Dieser naive Glaube an morgen. Merkel: Dein Land marschiert zurück. Wenn du an der Spitze der Bewegung bleiben willst, dann führe uns in die Vergangenheit. Merkel, mach uns den Adenauer! Die Rabattmarken haben wir ja schon. Und dann hast du es geschafft. Dann hast du die Nachteile der Vergangenheit mit den Problemen der Zukunft versöhnt. Kurz und bündig heißt das: Das eine nicht tun und das andere lassen. So kann man das Unnötige mit dem Nutzlosen verbinden.

Meine Oma verabschiedet sich von mir auf ihre Art: «Mone, lieber internationales Parkett als deutsches Laminat!»

+++ 14. November 2008, 17:07 Uhr, im Flieger mit der Kanzlerin, irgendwo über dem Atlantik +++

Angela hat beschlossen, jetzt doch der Messias zu sein, auf den die Deutschen warten. Eine Pressekonferenz mit Steinbrück reichte, um sich selbst wieder einzureden, dass man die Lage im Griff hat. Wir sprechen jetzt von einem «Konjunkturpaket». Ich souffliere sehr zackig, weil ich für Steinbrück gleich mitsouffliere. Er kann das auch so zackig nachsprechen, bei Merkel wird es immer etwas schläfriger. Aber die Texte sind nahezu gleich. Man ahnt jetzt schon, dass das nicht lange so gehen kann, irgendwann müssen die beiden Volksparteien wieder Unterschiede entdecken. Aber jetzt, übergangsweise, müssen sie wie aus einem Mund sprechen. Die Zahlen sind erschreckend, und inzwischen haben wir hier auch unsere Lehman Brothers, die Hypo Real Estate. Und ich kann ganz sicher sagen, dass ich damit jetzt nichts mehr zu tun habe. Kann ja sein, dass ich das alles ausgelöst habe, aber das System ist anscheinend so krank, dass es auf diesen Auslöser nur gewartet hat, um zusammenzubrechen.

Angela suhlt sich fast in den Aktivitäten. Wir leben mehr im Flieger als zu Hause. Von einer Konferenz geht es zum nächsten Staatsbesuch – die Nervosität ist enorm, und alle ziehen dran. Fast alle. Einer hat ascheinend keinen Bock, sich zu bewegen, und das ist ausgerechnet der Wirtschaftsminister aus Bayern, der so langsam spricht, dass man das Gefühl hat, der nächste Relativsatz würde die Zeitverschiebung zur nächsten Sommerzeit mitmachen. Michael Glos wurde jetzt dekretiert, dass er auch einen Souffleur bekommen soll, der ihm ein höheres Tempo vorlegt. Daraufhin hat er angekündigt, nicht mehr mitmachen zu wollen. Stellt sich die Frage, wer der nächste Wirtschaftsminister werden soll.

ibieberer Geleib-liebter xxphx *– äh, wie ging das T9 noch*
irrr *****Sch… Handy**** noch adwQsfgafeg FSADdaff ae-
fg674UER6ER-breden. Diene Angie ;-)***** senden! *****!!!*

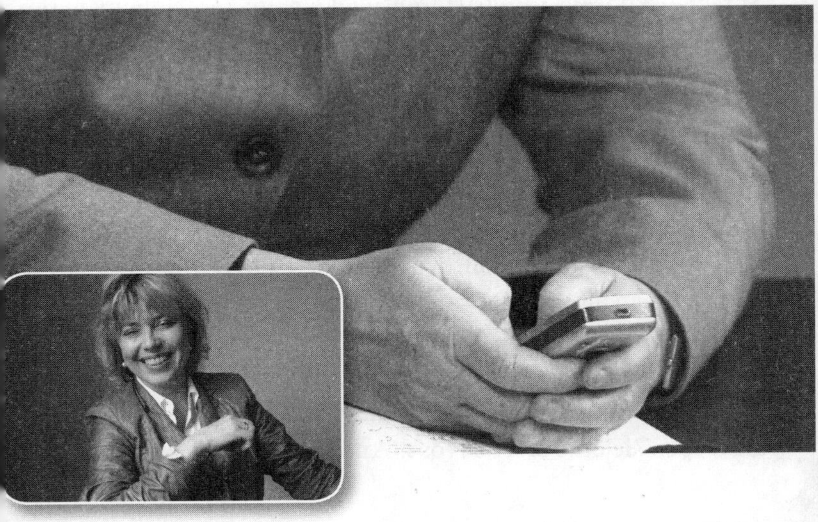

+++ 4. Februar 2009, 15:04 Uhr, Kanzleramt, Bewerbungsgespräch +++

Wir hatten soeben ein interessantes Bewerbungsgespäch. Ein Neuer hat sich vorgestellt. Ich habe diesen zu Guttenberg bisher nur nebenbei kennengelernt. Als CSU-Schnösel. Er hat ziemlich auf dicke Hose gemacht. Merkel wollte es bürokratisch halten und hat sich erst mal seine Zeugnisse angeschaut, aber zu Guttenberg hat unvermittelt angefangen zu sprechen:

«Sehen Sie, Frau Kanzlerin, wir müssen handeln ...» Wie Edmund Stoiber sprach er, nur ohne Ähs und peinliche Momente. Und dann ging es los: «Es wurde zu viel in Tracker-Zertifikate investiert und auf Outperformance-Bonus-Zertifikate gesetzt, ich sag es mal klar, die haben allesamt zu viel gezockt. Das mit den Boni schadet in der Öffentlichkeit, und alle wollen unter den Rettungsschirm ...»

Seine Vokabeln machen mich ganz schwindelig. Die Hälfte sind Anglizismen, die kein Schwein versteht. Ich glaube ernsthaft, es gibt irgendwo Menschen, die bewusst aus der willkürlichen Zusammensetzung von Partikeln der englischen Sprache Nonsense-Begriffe entwickeln und sich dann heimlich ins Fäustchen lachen. Dann wird aus dem Schaffner ein Ticket-Declaration-Check-Manager, aus der Hausfrau die Second-Assistant-Home-Performance-Continuity-Managerin und aus der Kabarettistin die Open-Word-Lucky-Formulation-Outspeaking-Creative-Direktorin.

Aber er macht munter weiter: Seit Anfang der Krise weltweit mehr als 23 Billionen Dollar Wertverlust, das ist eine Menge!

Angela schaut ihn an: «Wollen Sie diesen Job wirklich?»

Er: «Klar.»

Angela: «Sie müssen sich bei Pressekonferenzen immer verteidigend vor Leute aus der Wirtschaft stellen, die sich verhalten, als trügen sie eine offene Hose. Anschließend müssen Sie noch

zu Anne Will, um sich von Uli Jörges vom Stern und irgendwelchen Gewerkschaftern beleidigen zu lassen. Wollen Sie das?»

«Ja, das will ich.»

«Sie müssen mit Zahlen jonglieren können, die nicht zwingend stimmen müssen und die Sie in der Höhe nicht ansatzweise erfassen können. Wollen Sie das?»

«Ja, das will ich.»

«Sie müssen ertragen, dass Mathias Richling Sie in seiner Sendung parodiert, dass Oliver Pocher sich über Ihren Namen lustig macht und Urban Priol sich über Ihr Verhalten mehrfach die wenigen, aber langen Haare rauft. Wollen Sie das?»

«Ja, das will ich.»

«Ohne Scheiß?»

«Ja ...»

«Gut, ich nehme Sie, als Creative-Economic-Policy-Director.»

«Als was?»

«Als Wirtschaftsminister.»

+++ 21. März 2009, 13:36 Uhr, Kantine des Deutschen Bundestages +++

Auch wenn Souffleure für sich allein arbeiten, laufen wir uns doch ständig über den Weg, so wie hier in der Bundestagskantine, auf nationalen oder internationalen Treffen, Konferenzen oder auch auf gemeinsamen Reisen. Es ist bei uns wie bei allen anderen Berufen. Manche mögen sich, andere weniger. Das hat zum Teil natürlich auch mit unseren Auftraggebern zu tun, also mit denjenigen, für die wir arbeiten. Im Bundestag haben wir Souffleure eine klare Hierarchie, die jeder anerkennen muss. Wenn jemand neu dazukommt und sich nicht an die ungeschriebenen Regeln halten will, dann wird er von uns zurechtgestutzt. Ohne falsche Bescheidenheit darf ich mich selbst als Chefin bezeichnen. Denn schließlich bin ich die Kanzlersouffleuse.

Wenn, wie gesagt, einer neu dazukommt, wie vor ein paar Wochen der Souffleur vom zu Guttenberg, ist es klar, dass er als Frischling für die Sauberkeit unserer kleinen Teeküche verantwortlich ist. Jedoch ist der Mann – übrigens auch ein Land-Adliger, allerdings verarmt – rhetorisch so geschickt, dass er diesen Job schnell jemand anderem aufschwatzte: dem Souffleur von Ilse Aigner. Erstens war der selber relativ neu im Geschäft, und außerdem führte zu Guttenbergs Souffleur in sieben Sprachen an, dass eine saubere Teeküche doch selbstverständlich irgendwie zum Verbraucherschutz zählt.

Bei uns geht es zu wie bei der deutschen Fußballnationalmannschaft. Es gibt sogenannte Leader, Führungsspieler, daneben die Ergänzungsspieler oder noch weiter unten in der Hierarchie die Auswechselspieler. Natürlich bringt einem der Souffleur vom Ramsauer nach dem Essen den Kaffee an den Tisch. Man mag denken, dass der Ramsauer doch immerhin Chef der Berliner CSU ist und damit weit oben. Aber – ihn nimmt keiner ernst. Und so geht es eben auch seinem Souffleur. Eine gewisse Hier-

archie muss sein. Wenn wir unseren Stammtisch im Keller der Bundestagskantine abhalten – wegen der Geheimhaltung dort unten –, darf zum Beispiel der Souffleur vom Tiefensee natürlich nicht am Kopfende sitzen. Da sitze ich. Und wenn ich mal verhindert bin, dann die Souffleuse vom Steinmeier, ist doch klar. Vor ein paar Jahren hat mal jemand versucht, den Souffleur vom Fischer abzusägen und selber dessen Part zu übernehmen. Der souffliert heute dem Chodorkowski in Sibirien.

Unser Geschäft ist hart. Aber natürlich gibt es auch Augenblicke der Menschlichkeit. Zum Beispiel haben wir alle für den Souffleur vom Bahnchef Mehdorn gesammelt. Nicht als der Mehdorn abgesägt wurde, nein. Davor. Dieses ewige Schnüffeln in anderer Leute Sachen machte den guten Mann richtig depressiv, und er brauchte medizinische Betreuung. Für den Souffleur vom Steinbrück sammeln wir auch regelmäßig. Denn er bekommt sein Gehalt nur noch auf ein Sperrkonto gezahlt, nachdem der Finanzminister erfahren hat, dass sein Souffleur Schweizer ist.

Neben dem Stammtisch unternehmen einige von uns, sofern es die Zeit erlaubt, auch andere Aktivitäten zusammen. Die Souffleure von Westerwelle und Trittin gehen regelmäßig gemeinsam zum Radfahren, was ihre Chefs natürlich nicht wissen dürfen. Warum wohl gibt es immer wieder neue Gerüchte, die auf eine Ampel-Koalition hinweisen? Der Souffleur vom Seehofer und die Souffleuse von der von der Leyen kennen sich übrigens von einem Hechelkurs zur Geburtsvorbereitung.

Auch der Souffleur vom Präsidenten Köhler kommt gerne mal bei uns im Bundestag vorbei. Er hat eine Allergie gegen Blasmusik, was er bei seiner Einstellung seinerzeit verschwiegen hat. Und bei jedem Staatsbesuch spielt sie auf, die Kapelle. Und dann flüchtet er zu uns. Deswegen guckt der Köhler auch oft so intensiv, weil er nicht weiß, was er sagen soll. Außerdem hat der arme Souffleurkollege auch noch Heuschnupfen und muss oft starke

Medikamente nehmen. Deshalb spricht der Köhler dann auch manchmal wie eine wandelnde Schlaftablette.

Apropos Einstellung: Souffleure wachsen nicht auf den Bäumen, und eine festgelegte Ausbildungsordnung gibt es auch nicht. Deswegen sind wir ja alle Quereinsteiger. Da reichen die ursprünglichen Berufe vom professionellen Kölner Büttenredner über den evangelischen Landpfarrer bis hin zum studierten Psychologen. Allerdings gibt es auch einen Metzger und einen Schlachter unter uns. Ich verrate aber nicht, für wen die beiden soufflieren. Der rechtsrheinische Souffleur von der Ulla Schmidt ist übrigens auch Vegetarier, weswegen wir immer Schlachtplatte bestellen, wenn er sich mal an unseren Stammtisch verirrt. Wir mögen ihn nicht. Denn irgendwie ist er doch mitverantwortlich, dass auch unsere Krankenkassen-Beiträge ständig steigen. Da wir trotz allem seit einiger Zeit Probleme mit dem Nachwuchs haben, wurde vom Souffleursausschuss des Deutschen Bundestags die Expertengruppe «Casting» ins Leben gerufen. Ich hab mich wirklich nicht um den Vorsitz gerissen. Unsere Aufgabe ist es, Nachwuchs in der Bevölkerung als Souffleure zu akquirieren. Wie wir das machen sollen, hat uns keiner verraten. So arbeiten wir gerade einen Fragebogen aus. Dazu kommt bald der Dieter Bohlen als Berater. Nicht nur als Experte, sondern weil meine Kollegin, die Souffleuse von der Künast, scharf auf ihn ist.

Auf jeden Fall werden wir uns in Zukunft unters Volk mischen, diesem aufs Maul schauen und sehen, wer was wie so formuliert. Die Menschen in Deutschland müssen echt aufpassen, dass sie eines Tages nicht irgendwo mit jemandem in ein scheinbar harmloses politisches Gespräch geraten – und dann sind die vielleicht schon mittendrin im Casting …

+++ 31. Dezember 2008, 13:10 Uhr, meine Wohnung +++

Das erste Mal erhalte ich einen **handschriftlichen** Brief von meiner Chefin.

Liebe Frau Solga! *31. Dezember 2008*

Es tut gerade in Zeiten des raschen Wandels unglaublich gut, mit einem Menschen zusammenzuarbeiten, dem man es ansieht, dass er eine über 45-jährige Geschichte hat. Und dem ich, das will ich gleich zu Beginn sagen, eine mindestens genauso lange Zukunft wünsche.

Wir erleben im Augenblick wahrscheinlich historische Umbrüche, die uns alle noch lange beschäftigen werden. Vieles, was wir für dauerhaft oder zumindest für stabil gehalten haben, hat plötzlich so, wie wir es kannten, keinen Bestand mehr. Das gilt für alteingesessene Bankhäuser genauso wie für meine Frisur … Figur. Umso wichtiger sind Konsonanten wie Sie, liebe Frau Simone. Weil solche Konsternierten Halt und Verlässlichkeit symbolisieren, genauso wie das gute Nachbarschaft und Freundschaft uns allen auch bieten können. Deshalb freue ich mich, dass Sie zu mir, mit mir und über mir … über mich sprechen.

Ich bin der festen Überzeugung: Jetzt ist die Zeit, einmal nicht Wichtiges von Unwichtigem zu trennen. Was war Ihnen in diesem Jahr wichtig?

Oder sich einfach nur kurz bewusst zu machen, welch großes Glück es für uns ist, in Frieden und Sicherheit zu leben? Dass ich mit Ihnen, liebe Frau Simone, zusammenarbeiten darf. Viele andere gäben viel dafür. Zum Beispiel die Menschen aus dem Nahen, Mittleren und Lästigen Osten.

Für uns beide sind zum Beispiel gute deutsch-russische Bezie-

hungen nicht nur eine politische Notwendigkeit, sondern eine wirkliche Herzensangelegenheit, nicht wahr?

Liebe Simone. Vieles von dem, was 2008 wichtig war, bleibt es auch 2009, 2010, 2011, 2012 und sogar 2024. Das ist im eigenen Leben genauso wie in der Politik. Deshalb steht für mich auch in Zukunft an erster Stelle, Arbeitsplätze zu erhalten – meinen und Ihren! Simone, Wirtschaftskrise, Finanzkrise ... diese Krisen können nur weltweit gelöst werden, aber natürlich leisten wir beide einen wichtigen Beitrag dazu.

Und auch in der Zukunft sollten wir es bei der bewährten Arbeitsteilung belassen. Sie sagen vor – ich spreche nach. Denn es ist Ihr Geld, nicht meins, Simone, das Geld der Steuerzahler, für das wir in der Politik Verantwortung tragen. Wir beide haben schon ganz andere Herausforderungen gemeistert, in kommenden Jahren werden wir uns daran erinnern: 2009 feiern wir den 60. Geburtstag der Bundesrepublik. 2009 feiern wir den 20. Jahrestag des Falls der Berliner Mauer.

Und 2010 meinen 56. Geburtstag – das zeigt doch: Wir sind alles in allem ein gewaltiges Stück vorangekommen.

Sie haben Ihre Aufgabe als meine Souffleuse bisher mit Fleiß erledigt und waren stets bestrebt, Ihre Arbeit termingerecht ... zu beenden. Wegen Ihrer Pünktlichkeit und Ihres überbordenden Temperaments waren Sie ein großes Vorbild für mich. Durch Ihre Geselligkeit trugen Sie auch zur Verbesserung des Betriebsklimas bei. Allerdings ist mir aufgefallen: Sie neigen bei Auslandsreisen zu übertriebenem Alkoholgenuss, was sich dann in meinen Reden teilweise positiv ausgewirkt hat. Zwar konnten Sie meinen permanenten S-Fehler nicht ausmerzen, aber ich schätze es durchaus, wie emotionslos Sie meine Reden fehlerfrei vorlesen, auch wenn sie phrasenweise beeindruckend inhaltslos sind. Wir können uns viel zutrauen und gemeinsam noch mehr erreichen. Ich bin überzeugt davon: Wenn sich auch im kommenden Jahr jeder an seiner Stelle für etwas einsetzt,

und ich sitze schon mal gut, dann wird es uns allen noch besser gehen.

Liebe Simone, ich wünsche Ihnen, dass Sie alles in allem mit Dankbarkeit auf das vergangene Jahr zurücksehen können, und ich wünsche Ihnen ein erfülltes, ein glückliches und ein gesegnetes neues Jahr.

Zu den riesigen Nebenwirkungen fragen Sie den Arzt Ihres Apothekers.

Ihre Angela Merkel

+++ 30. April 2009, 17:10 Uhr, meine Wohnung +++

Es ist gerade einmal drei Wochen her, da hatte ich Abitreffen in meiner alten Schule. Ich weiß nicht, das wievielte es war. Spielt auch keine Rolle. Wichtiger war für mich, dass ich mal wieder meinen eigenen Mitschülern nicht die Wahrheit sagen konnte. Nie kann ich als Souffleuse die Wahrheit sagen. Immer muss ich mir einen anderen Beruf oder eine andere Tätigkeit einfallen lassen.

Um wenigstens ein bisschen Spaß an diesem misslichen Umstand zu haben, lass ich mir immer etwas anderes einfallen. Dem netten Rentnerehepaar aus Wuppertal habe ich mich im letzten Skiurlaub zum Beispiel als Besitzerin eines Imbisswagens vorgestellt. Das wollte ich meinen alten Mitschülern nicht zumuten. Also gab ich da an, Medizin studiert zu haben. Genauer gesagt, bin ich Kardiologin. Ich konnte ja nicht ahnen, dass der Erwin – der war doch immer so gut im Sport – plötzlich einen Herzanfall bekam und alle nach einem Arzt riefen. Ich schaute wie ein Krokus im Frühling, der von einer Lawine überrascht wird. Gott sei Dank war der Rettungswagen schnell da, und ich konnte meine amateurhaften Bemühungen etwas verschleiern, ohne Schuld am Ableben Erwins zu haben.

Das nächste Mal werde ich mir einen weniger gefährlichen Beruf aussuchen. Vielleicht Vogelkundlerin. Obwohl, dann fragt man mich, wie der kleine Piepmatz da hinten hinter dem Busch heißt. Dann vielleicht doch lieber die Dame vom Grill. Auf jeden Fall ist es wichtig, dass man bestimmten Leuten gegenüber immer beim selben Beruf bleibt. Nicht dass man seinem Nachbarn einmal sagt, man sei beim Finanzamt, und keine vier Wochen später, wenn der Gute von einer Urlaubsreise zurückkommt, ist man dann diplomierte Tierheilpraktikerin. So was erzeugt immer unangenehme Nachfragen.

Dieses ständige Leben im beruflichen Untergrund ist auch

das Erste, worauf ich junge Leute hinweise, die einen Lebensweg als Souffleur oder Souffleuse einschlagen wollen. Man muss wissen, dass man niemandem die Wahrheit sagen kann. Weder seinen Eltern noch seinem Partner und schon gar nicht irgendwelcher ferneren Verwandtschaft. (Nur meine Oma ist quasi Mitwisserin.)

Das verbindet uns zum Beispiel mit Geheimagenten. Wobei über die wenigstens hin und wieder mal ein Film gedreht wird. Der Satz: «Mein Name ist Solga – Simone Solga», käme sicher auch ganz gut auf einer großen Leinwand, wird aber wohl leider nie Wirklichkeit werden. Die Welt weiß ja nicht einmal, dass es uns überhaupt gibt.

Bestimmte schulische Voraussetzungen sind ja bei uns nicht nötig. Da kommt es ganz darauf an, für welchen Zweig man sich entscheidet oder für welchen bekannten Menschen man soufflieren will. Der Satz «Abitur kann nie schaden» gilt in unserem Fall nicht unbedingt. Man stelle sich mal vor, man hat Abitur und schlägt sich mit Lothar Matthäus durchs Leben. Oder Dieter Bohlen. Da ist man ja jeden Tag stark suizidgefährdet. Ständige Unterforderung kann einen krank machen.

Andererseits: Als Schulabbrecher kommt man auch nicht weit, wenn man zum Beispiel die Souffleuse vom Steinmeier ist. Auch in dem Fall muss es nicht intelligent sein, was man sagt. Aber diplomatisch korrekt. Kurz und gut: Ich glaube, es gibt keinen Beruf, in dem die Anforderungen im Einzelnen so unterschiedlich sind wie bei uns. Und das gilt nicht nur für die schulische Bildung. Denn natürlich muss man katholisch sein, wenn man dem Papst einflüstert. Und auch auf geschützten Sex verzichten. Das verlangen die jedenfalls im Einstellungstest. Andererseits kann man eben nicht Souffleur vom Banker Ackermann werden, wenn mal die Eltern oder Großeltern Mitglied in einer kommunistischen Partei sind oder waren. Nicht zu vergessen Fremdsprachen. Als Papst-Vorsager muss man viele Sprachen sprechen, bei einem wie Lothar Matthäus zum Beispiel am besten gar keine. Nicht mal die Muttersprache, die wo man doch eigentlich gelernt haben sollte. Alles in allem gibt es keine bestimmten schulischen Voraussetzungen bei unserem Beruf. Hier ist der Kunde noch König. Er entscheidet über die Voraussetzungen.

Flexibel muss man sein. Und mobil. Unter Umständen viel reisen. Meistens jedenfalls. Der Souffleur vom Franjo Pooth wird wahrscheinlich bald an einem Ort bleiben, aber das ist die Ausnahme. Dabei sind Außenpolitiker gar nicht mal die größte Herausforderung. Extremer sind zum Beispiel Astronauten. Die größte Herausforderung für die NASA war nicht, zwei Astronauten auf dem Mond abzusetzen. Die größte Herausforderung war, den Souffleur heimlich mitzuschicken, ohne dass die gesammelte Weltöffentlichkeit von dessen Existenz überhaupt etwas mitbekommen hat. Ich habe den Mann später einmal auf einem euroamerikanischen Souffleurskongress getroffen. Netter Mensch. Er hatte eigentlich Flugangst, aber wollte diese überwinden. Deswegen hat er sich bewusst diese Karriere gesucht. Die NASA wiederum hat ihn rausgesucht, weil er mal in früheren Jahren bei einem Gedichtwettbewerb seiner örtlichen Sparkasse gewonnen hat. Bei den Amis bist du ja schon der King, wenn du einen Satz geradeheraus sprechen kannst. Der Obama-Souffleur musste sich «Yes, we can» am Anfang notieren und hat ihn wieder und wieder vom Zettel abgelesen. Sicher ist sicher. Da war «Es ist ein kleiner Schritt für einen Menschen, aber ein großer Schritt für die Menschheit» schon von einem anderen Kaliber. Alles in allem: Eine gewisse Reiselust kann nicht schaden.

Ich kann festhalten: Gekonnt soufflieren hat auch etwas mit Selbstaufgabe zu tun. Man muss sich schon ganz einbringen für denjenigen, dem man souffliert. Das kann sogar so weit gehen, dass man immer ein Gläschen mehr trinken muss, wenn der

andere das auch tut. Der ehemalige Souffleur von Franz Josef Strauß hat später im Bayerischen Wald eine Erholungsstätte für anonyme Alkoholiker eröffnet. Oder nehmen Sie den Souffleur von Joschka Fischer. Jahrelang ist der mit dem an der Spree auf und ab gerannt. Dann ist er endlich topfit wie ein Turnschuh – und der Joschka nimmt mal eben 50 Kilo zu und heiratet die zwölfte Frau. Natürlich ist der Politiker oder wer auch immer ein freier Mensch. Aber für uns als Souffleure heißt es: Wir müssen uns einfühlen können. Und da kann es nicht schaden, sich in einzelnen Punkten dem anderen wirklich anzunähern. Dem Kollegen von mir, der dem zu Guttenberg vorsagt, wurde sogar ein Adelstitel gekauft, nur damit die beiden auf Augenhöhe kommunizieren können. Natürlich hat die Sache ihre Grenzen: Man muss nicht selber eine Insolvenz hinlegen, nur weil man für die Pooths arbeitet. Aber ich zum Beispiel trage hauptsächlich Hosenanzüge – jedenfalls bei der Arbeit –, was voll daneben aussieht. Ich bin mit meiner Chefin perfekt auf einer Linie.

Dieses Im-Job-wirklich-völlig-Aufgehen führt, wie schon angedeutet, hin und wieder zu gesundheitlichen und anderen Problemen. Gerade unter meinen Kollegen, die im Schauspielerbereich arbeiten, ist Drogensucht leider weit verbreitet. Eigentlich spricht man nicht drüber, aber bei unseren Jahrestreffen, hinter geschlossenen Türen, wird ganz offen geredet. Dabei darf natürlich die Presse nichts von diesen Treffen erfahren. Deswegen geben wir uns zum Beispiel als Bund Deutscher Flachgewässer-Angler oder Streichholz-Modell-Verband aus. Wichtig ist, dass wir unsere Treffen immer so abhalten, dass möglichst viele daran teilnehmen können. Also zum Beispiel meine Chefin ist für 17 Stunden bei Wagner in Bayreuth, Guido Westerwelle bei der Gesichtspflege, und Steinmeier arbeitet zu Hause im Keller die Akten seiner ehemaligen Folteropfer durch. Natürlich kann nicht immer jeder dabei sein. Der Souffleur vom Genscher wird immer aus einem Flugzeug dazugeschaltet. Denn auch

wenn sein ehemaliger Chef schon lange pensioniert ist, kann der arme Kerl heute noch keinen festen Boden unter den Füßen ertragen. Sonst wird er sofort seekrank. Auf unseren Treffen wird geplaudert, und es werden neueste Entwicklungen ausgetauscht. Und es werden Jobs getauscht. Meine Sache ist das ja nicht. Aber andere, die können immer nur ein Jahr für einen bestimmten Auftraggeber arbeiten. Die suchen die Abwechslung. Nach einem Jahr Boris Becker plötzlich für Giulia Siegel arbeiten ist natürlich krass. Zicken statt Zocken. Andererseits muss man auch nicht alles mitmachen. Für besondere Fälle gibt es ein außerordentliches Kündigungsrecht. Wer will schon ins Dschungelcamp und Maden fressen, nur weil der Auftraggeber nichts mehr auf dem Konto hat? Es ist natürlich auch so wie in jedem anderen Beruf: Wenn du gut bist, hast du nichts zu befürchten. Aber wenn du nicht mehr gut im Geschäft bist, musst du eben alles nehmen. Das heißt dann, mit dem Martin Semmelrogge ständig betrunken durch geschlossene Ortschaften zu rasen. Oder man landet bei Eva Herman oder Jürgen Klinsmann. Da bleibt einem dann ein Leben lang das Grinsen. Was durchaus gefährlich werden kann, wenn man im Urlaub irgendwo an eine jugendliche Gang gerät, die sich dadurch provoziert fühlt.

Eine besondere Variante ist, wenn man an ein prominentes Pärchen gerät. Da hat natürlich jeder seinen eigenen Souffleur. Und das heißt, dass die beiden Souffleure wiederum gut miteinander auskommen müssen. Das Einfachste ist natürlich, wenn man gleich selbst zum Paar wird. Aber was passiert, wenn die anderen sich trennen, wie zum Beispiel damals bei Elizabeth Taylor und Richard Burton? Getrennt, geschieden, wieder zusammen, neu verheiratet. Und das Ganze von vorn. Das macht die beste Souffleursehe nicht mit. Die beiden Souffleure aus Hollywood landeten in der Irrenanstalt, sagt man. Deswegen ist auch heutzutage noch besondere Vorsicht geboten, wenn man in so eine Paarkonstellation gerät.

Natürlich mag es spannend sein, mit Brangelina von einem roten Teppich zum nächsten um die Welt zu fliegen. Aber was passiert, wenn man sich in seinen Souffleurskollegen verliebt, und eines Tages beschließt Pitt, dass er doch lieber die Kate Winslet hätte? Oder ihm geht einfach das Kindergeschrei auf die Nerven?

Es ist nicht alles Gold, was glänzt. Es sei denn, man arbeitet für Bohlen. Der macht ja bekanntlich aus Scheiße Gold. Und der hat zwar auch immer neue Frauen an seiner Seite, aber die brauchen niemanden zum Soufflieren. Die haben ja eh nichts zu sagen.

Soufflieren ist eine Arbeit, die ganzen Einsatz erfordert. Unsere Auftraggeber verlassen sich auf uns. Wir sind für sie nicht nur Vorsager, sondern auch Berater, Zuhörer, Mädchen für alles. Die Einzigen, die ihnen noch so nahe kommen, sind die Bodyguards. Aber die reden ja nicht viel, und wenn, dann nur in ihre kleinen Funkmikrophone. All das muss man wissen, wenn man in diesen Beruf strebt. Und das sag ich auch immer, wenn mich jemand fragt, der sich einen Berufseinstieg überlegt. Worüber wir nicht sprechen, ist Geld. Natürlich lässt sich in der Politik mehr verdienen als beispielsweise im Showgeschäft. Schon allein wegen der Lobbyisten. Aber mehr darf ich darüber nicht verraten. Sonst verdiene ich ja nichts mehr. Und darauf muss man schon achten, dass man gut verdient und genügend zur Seite legt. Denn klassische Altersvorsorge gibt es bei uns nicht. Wir müssen für uns selbst sorgen. Wer später einmal mit wackeligen dritten Zähnen noch im Job steht, hat es schwer. Niemand versteht einen, man nuschelt. Früher konnte man ja noch auf so einen wie Rudolf Scharping hoffen. Aber heute?

+++ 26. August 2009, 14:35 Uhr, in einem Flugzeug der Flugbereitschaft – sozusagen in der Air Force One der Bundesrepublik, im Sitz neben der Kanzlerin +++

Merkel hat gesagt: «Wir fliegen nach Europa.» Gemeint ist Brüssel, wo ein EU-Gipfel mit allen Regierungschefs der EU-Staaten stattfinden wird.

Das Wahrzeichen von Brüssel ist ein unverhüllter pinkelnder Junge. Das ist schon fast das einzige volksnahe Element dieser Stadt, die ihren EU-Bürgern oft so weit entfernt und unnahbar erscheint. In dieser Stadt überlegen Heerscharen von Beamten, auf welche Weise man in Lappland ein Rentier zu häuten hat.

Einerseits mischt sich die Politik mit Regelwut in jede Pore des Lebens ein. Sie sagt dem Biergartenbesitzer nicht nur, wie weit die Tische voneinander entfernt zu sein haben, nein, sie sagt als Gesetzgeber auch noch, wie dünn ein Kondom exakt sein muss, um die Bezeichnung «gefühlsecht» führen zu dürfen. Ich kenne Leute, die würden das gerne selbst entscheiden. Die aus Brüssel sagen mir auch, ob, wo und für welchen Preis ich eine Zigarette rauchen darf. Gut und schön, aber andererseits müssen wir alle feststellen: Die Politik kann im Kern kaum etwas entscheiden, die ist machtlos – was hier in diesem Land wirklich geschieht, das entscheiden ganz andere. Banken, Großkonzerne und die bereits erwähnten EU-Beamten samt ihren gewichtigen EU-Kommissaren.

Das Einzige, was den Parlamentariern der europäischen Einzelstaaten bleibt, ist die beleidigte Münte-Nummer: «Ey – jetzt haben wir euch so viel geschenkt – da muss doch auch mal was zurückkommen.» Wie so ein Ehemann, der zu seiner Frau sagt: «Ich habe dir doch extra die neue Saftpresse geschenkt – jetzt zieh endlich mal wieder die Strapse an!»

Unsere Politiker auf der nationalen Ebene gaukeln uns nur

noch vor, sie würden Entscheidungen treffen. Und wie geht man als Bürger damit um? Auf der Straße demonstrieren und wie eine Mahlzeit statt durch Därme durch Straßenschluchten laufen, um am Ende unverdaut wieder ausgeschi…, also herausgelassen zu werden? Oder sich als Kanzlersouffleuse bewerben? Oder so vergesslich sein, dass man alles vergisst, täglich seine fünf Liter Wurzeltee trinkt, den Kopf in den Sand steckt und abends Stefan Raab guckt, um mal wieder richtig ablachen zu können?

Ich spüre ernste innere Zweifel an dem, was ich tue.

ZEUGNIS

für Frau Solga

Geheime Kommandosache

Dieses Zeugnis unterliegt der strengsten Geheimhaltung. Deshalb ist es vor dem Lesen zu verbrennen.

Frau Solga ist seit meiner Machtergreifung weisungsgebunden für mich tätig.

Durch ihre ständige Verschwiegenheit erlangte sie eine Vertrauensposition, die es mir ermöglichte, ihr ein über ihren dienstlichen Aufgabenbereich hinausgehendes Aufgabenspektrum zu übertragen.

Dazu gehören auch häusliche Gesellschaftsspiele mit dem erweiterten Familienkreis im Überstundenbereich, Modeberatung und andere Frauenfragen.

Selbst in höchst anspruchsvollen Situationen, bei der Optimierung des öffentlichen Erscheinungsbildes subalterner Dienstränge im Kabinett, demonstrierte Frau Solga Leidens- und Leistungsfähigkeit.

Vorgesetzten gegenüber verhält sie sich hilfsbereit und zuvorkommend, nur muss sie mehr auf eine ihrer Position angemessene Disziplin Wert legen.

Manchmal drängte sie sich zu sehr in die Öffentlichkeit, womit sie ihre Kompetenz auch schon erheblich überschritten hat. Durch vorschnelles Agieren kann es in Einzelfällen zu schwerwiegenden internationalen Verwicklungen kommen.

Frau Solga schaffte es stets, Privates und Berufliches voneinander zu trennen. Jeglichen Annäherungsversuchen widerstand sie erfolgreich. Größtenteils.

Frau Solga befleißigte sich als meine Souffleuse stets einer deutlichen Aussprache. Sie sollte sich jedoch besonders ihres schweren S-Fehlers annehmen, den sie in nichtberuflicher Konversation nur mit Mühe unterdrücken kann.

Dieses Zeugnis erstelle ich auf ausdrücklichen Wunsch von Frau Solga, die mich aus Angst vor einem Vorgesetzten-Wechsel im September 2009 darum bat.

Gleichzeitig untersage ich ihr mit meiner Richtlinienkompetenz, dieses Zeugnis für Bewerbungsgespräche mit CDU-fernen Personen grundsätzlich, CDU-nahen Personen männlichen Geschlechts und mit Personen, die nicht meinen Namen tragen, einzusetzen.

Ich wünsche ihr für meine Zukunft alles Gute.

Hochachtungsvoll
Dr. Angela Merkel

PS: Außerdem habe ich den Staatsschutz per Aushilfeersuchen angewiesen (die Herren Po und Falla), ihre Entwicklung wohlwollend zu begleiten.

+++ 28. August 2009, 22:58 Uhr, wieder ein Flugzeug der Flugbereitschaft. Wieder im Sitz neben der Kanzlerin, sie schläft +++

Nach unserem Aufenthalt in Belgien geht unsere Reise weiter. Es stehen Staatsbesuche in Afrika an. Afrika ist für die meisten europäischen Staatschefs so interessant wie die Gesundheitshinweise auf Zigarettenschachteln für starke Raucher. Bringen tut es nichts, und man hat maximal ein bisschen ein schlechtes Gewissen.

Vor mir liegt ein Dossier. Ein Aktenordner mit einer Rede. Dazu ein Anschreiben mit einem Umschlag: «Vertraulich». Ich öffne den Umschlag. Was ich lesen muss, ist ungeheuerlich. Jemand versucht mich gegen Merkel zu instrumentalisieren.

Die Merkel hat verdammt viele Gegner. Also Parteifreunde. Die wollen alle die Merkel früher oder später abschießen. Der Merz, der Koch und der Wulff im Schafspelz.

Merkel hat genug Leichen im Keller ...

Ich schaue in die Rede und traue meinen Augen nicht: Ich sollte Merkel falsch soufflieren. Nicht riesig, sondern nur was ganz Kleines. Einen schönen kleinen Versprecher, ein unangemessener historischer Vergleich oder irgendwas gegen die Ossis. So was Harmloses wie ein Bruttonettoversprecher. Oder «Schalke 05». Oder «Niemand hat die Absicht, eine Mauer zu bauen!». Aber langfristig ausreichend genug für einen Rücktritt.

Ich soll Merkel so soufflieren, wie die anderen wollen, dass sie redet. Ohne dass sie selbst merkt, dass sie so redet, wie die anderen es wollen. Quasi ein Schauprozess, nur ohne Prozess.

Was soll ich tun? Ich weiß, mach ich das, bin ich meinen Job los. Mach ich es nicht, sorgen die dafür, dass ich ihn loswerde. Die haben mich in der Hand. In Berlin hat jeder jeden in der Hand. Das weiß auch jeder, drum heißt es ja auch: öffentliche Hand!

Ich beschließe, Angela nach unserer Reise über all das zu unterrichten, und verabrede mit der schlaftrunkenen Kanzlerin einen Termin für kommende Woche.

+++ 29. August 2009, 7:14 Uhr, Kambosi Airport +++

Kambosi. Ein Land, das mitten in der Dritten Welt liegt. Nach Kambosi fliegt man erst lange Zeit über hochentwickelte Geberstaaten mit Autobahnen und elektrischem Licht, dann kommen die Schwellenländer, die Autobahnen werden rar ... und dann kommt die Dritte Welt. Beim Rückflug geht's dann umgekehrt.

Der Staatsbesuch war eher langweilig. Angela hat dauernd nach Hause telefoniert, was den Regierungschef des Gastgeberlandes, ein eitler Potentat mit nicht besonders klugem Gesichtsausdruck und einem zum Wohlstand seiner Bevölkerung disproportionalen Bauch, ziemlich nervte.

Kambosi ist arm, hat industriell nichts zu bieten, dafür ein paar Bodenschätze, darunter seltene Metalle, die in der Chipindustrie Anwendung finden. Um die Schürfrechte an diesen Bodenschätzen gab es mehrere Stammesauseinandersetzungen, Revolten, Militärputsche. Und das, damit unsere Handys etwas leichter und handlicher werden.

Wir warten auf den Flieger.

Ich hatte für alle ein kleines Souvenir mitgenommen. In Kambosi gibt es wunderschöne nordkoreanische Feuerzeuge, die werden in Nordkorea nur für den Export nach Kambosi hergestellt, in Nordkorea gibt's die gar nicht zu kaufen. Drei Feuerzeuge habe ich eingesteckt, mit kleinen Geschenken kann man sich beliebt machen.

Dann kommt der Sicherheitscheck. Ich mag ja Sicherheitschecks, sie vermitteln so ein Gefühl von Sicherheit, auch an kritischen Tagen. Das Land mag noch so arm sein, die Aidsrate noch so alarmierend oder die Verwüstungen durch Erdbeben oder Tsunamis noch so unfassbar – ab dem Sicherheitscheck hat man ein Gefühl von Geborgenheit, es kann einem nichts mehr passieren.

Es gibt im Leben heute so viel Unsicherheit, da ist man glücklich, dass es noch solche Konstanten wie Sicherheitsbereiche gibt. Außerdem kribbelt es immer im Magen, weil man gar nicht weiß, ob man vielleicht doch noch etwas Intimes in der Handtasche vergessen hat, was jetzt für den Sicherheitsofficer auf dem Bildschirm sichtbar wird. Die Officers sind aber gut geschult, die schauen immer gleich neutral, egal was sie sehen. Trotzdem kann das peinlich werden.

Ich bin diesmal nur beim Tross, die Chefin war mit ein paar wichtigen Firmenvertretern der Mikrochipelektronik schon lange mit dem Hubschrauber vorneweg geflogen, die Flugbereitschaft wartete auf einem Seitenfeld von Kambosi Airport. Merkel war in der Luft – und wir warteten vor dem Sicherheitscheck.

Kambosi Airport hat einen vorbildlichen Sicherheitsbereich, alles ganz neu, deutsches Entwicklungshilfeprojekt, alles von Siemens. Meine Chefin fliegt ja nur in Staaten, wo der Sicherheitsbereich funktioniert. Die anderen Staaten macht Steinmeier.

Oft schalten die Kambosis die Elektronikschleuse gar nicht an, weil sie Strom sparen wollen. Die Kambosis sind ökologisch sehr sensibel für ein Dritte-Welt-Land.

Aber die Kambosis tun dann so, als ob sie trotzdem auf den Röntgenschirm gucken, und machen dabei ein wachsames Gesicht. Placebokontrolle. Die Kambosis sind glänzende Schauspieler. Der Sicherheitschef von Kambosi ist übrigens ein ausgewanderter Ossi, war früher am Bahnhof Friedrichstraße und hat nebenbei im Stasi-Betriebskabarett gespielt.

Heute, wo ein Staatsbesuch aus Deutschland da war, haben die Kambosis aber alles angeschaltet, was sie an Elektronik besitzen.

Plötzlich – meine Handtasche läuft durch die Röhre – volle Alarmsirenen im Flughafengebäude, überall Blinklichter, Stahl-

rollos fallen zu Boden, sofort rollen fünf LKWs mit schwerbewaffneten Kambosis an, Soldaten springen ab und sichern den Flughafen, ein paar Leute von der Security überwältigen mich. Ich liege gefesselt am Boden. Vitali neben mir.

Ganz ehrlich, ich hab das nicht gewusst. Mir war diese EU-Richtlinie, dass man im internationalen Flugverkehr nur ein Feuerzeug mitnehmen darf, nicht bekannt. Ich hab auch nicht gewusst, dass es im Internet eine Bauanleitung gibt, wie man aus drei nordkoreanischen Feuerzeugen eine Flugabwehrrakete bauen kann. Und selbst wenn, ich bin technisch viel zu ungeschickt.

Und wenn der Sicherheitscheck an dem Tag nicht angeschaltet gewesen wäre, dann wäre auch nichts passiert. Aber der grüne Islamisten-Warnknopf ist per Satellit direkt ins Pentagon geschaltet. Die Kambosis sind sehr korrekt, sie gelten eigentlich als die Preußen der Dritten Welt, haben einen Antrag auf Beförderung zum Schwellenland gestellt und müssen dadurch in besonderem Maße ihre Zuverlässigkeit beweisen.

Ich liege neben Vitali am Boden von Kambosi Airport. Die Plastikfesseln schneiden in die Handgelenke. Irgendwie finde ich den Augenblick romantisch. Vitali scheint das zu spüren und robbt direkt neben mich. Mit einer unverschämt männlichen Stimme haucht er mir ins Ohr: «Simone, niecht sprechen.» Ich rieche seine Haut.

Ich weiß nicht wie, aber Vitali öffnet innerhalb von Sekunden die Fesseln. Mit zwei Faustschlägen überwältigt er die Wachmannschaft und zerrt mich aus dem Gebäude. «Lauf!»

Wir beide rennen, hinter uns der halbe Geheimdienst Kambosis. Vitali wirft erst mich und dann sich in einen Pick-up, und wir fahren los in die kambosische Steppe.

Es folgt ein Wochenende im afrikanischen Hinterland. Ich fühle mich in der romantischen Lehmhütte, in die wir schnurstracks geflohen waren, wie die weiße Massai – nur dass mein Häuptling Russisch spricht. Er gelobt mir inständig seine Liebe und ewige Treue. Wir lieben uns, und mein Gefühl, Berlin endlich hinter mir lassen zu müssen, wächst mit jedem Kosakensturm, den Vitali an mir entfacht. Wäre das nichts – wir beide, ein Leben in der Lehmhütte? Weitab von Berlin? Gut, auf Dauer müsste man die sanitären Verhältnisse verbessern, eine Einbauküche wäre langfristig auch nicht schlecht – und gut an den Verkehr angebunden ist diese Hütte hier auch nicht. Aber Vitali haucht wieder: «Du Einzige!» Und alle Zweifel an der Hüttenoption sind wieder vergessen. Ich will nicht zurück.

*Ich möchte mal eben die Zeit abschalten
die Füße in eiskaltes Bachwasser halten
den Fischen Schuberts Forelle vorsingen
und Stunden verplempern mit unnützen Dingen*

*Ich möchte mir aus Kieseln einen Strandkorb aufschichten
und darin ein schmachtendes Liebeslied dichten
dabei auf die Flieger am Himmel hochstieren
auf den Kondensstreifen dazu ein Lied komponieren*

*Ich möchte am Bahndamm im Ginster sitzen
und endlich mal wieder beim Arbeiten schwitzen
ich möchte mit dir mehr als Smalltalk reden
und selbstgezogene Gurken einlegen*

*Ich möchte mir meinen Bildschirm anmalen
beim Italiener mit Muschelgeld zahlen
meinen Körper nur mit Oleander bekleiden
ich möchte heut all meine Zeit vergeuden*

*Ich möchte alle Handys bevor sie mich nerven
in einen aktiven Vulkankrater werfen
und allen Menschen die Gründe erklären
wenn sie aus der Lava einen Klingelton hören*

*Ich möchte mich in einem Baum verkriechen
möcht einfach nur sehen und hören und riechen
ich möcht heut nur Unproduktives tun
und mich einfach so von der Zeit ausruhn*

+++ 31. August 2009, 14:36 Uhr, vor dem Kanzleramt +++

Nachdem uns Leute aus der Botschaft ausfindig gemacht haben, werden wir in ein Luxushotel in der Hauptstadt verfrachtet. Herr – eine Dusche! Die kambosischen Behörden wollen natürlich vermeiden, diplomatische Zwischenfälle zu provozieren. Wir dürfen ohne weiteres ausreisen. Zurück in die Zivilisation!

Obwohl Vitalis Attraktivität etwas darunter leidet, dass er sich zuallererst die Ergebnisse der Fußballbundesliga sagen lässt und sein Interesse an mir mit jeder Flugmeile, die wir der Heimat näher kommen, abzunehmen scheint, steht mein Entschluss jetzt fest. Ich muss gehen, den Job der Kanzlersouffleuse an den Nagel hängen. Dazu nutze ich das anberaumte Gespräch mit Angie. Zunächst werde ich mich aber in der Kantine von den Kollegen verabschieden.

+++ 31. August 2009, 14:51 Uhr, Kanzleramtskantine +++

Zuerst treffe ich Zebunke.

«Na, schöne Frau! Habe gehört, Sie haben es mit den Sicherheitsbeamten von Kambosi zu tun gehabt. Sind alles Schwarze, was?»

«Liegt in Schwarzafrika nahe.»

«Und? Ich sag mal ... Schwarzer Mann – deutsche Frau, war da nicht was für Sie dabei?»

Da grinst mir schon Frau von Uelzen entgegen. Sie ist inzwischen die Souffleuse von Ursula von der Leyen. Das hat unser Verhältnis auch nicht verbessert.

Sie wirkt ein wenig wie Frau Rottenmeier bei Heidi.

Aber da keiner sonst anwesend war, musste ich ihr jetzt einfach meinen großen Entschluss kundtun: «Frau Rotten... Frau von Uelzen, wissen Sie was? Das war es!»

«Haben Sie also auch schon davon gehört?»

Ich bin verblüfft. Eigentlich wollte ich doch etwas erzählen: «Wovon gehört?»

«Frau Solga, ich bin jetzt vierzig ...»

«Glückwunsch.»

«Ich bin schwanger. Hier ist der Beweis.» Sie wedelt mit einem Plastikstäbchen.

«Altersvorsorge. Werner Stock hat recht, man kann nicht früh genug daran denken. Ich sag Ihnen was: Bevor man verhungert, sollte man lieber eigene Kinder haben – die kann man sozusagen moralisch zu Almosen verpflichten.»

Ich umarme sie, etwas hölzern zwar, aber gratuliere ihr dann doch von ganzem Herzen zum bevorstehenden freudigen Ereignis. «Und? Wer ist der stolze Vater?»

Sie kommt näher und flüstert mir ins Ohr: «Niecht sprechen!»

+++ 31. August 2009, 15:03 Uhr, Büro der Kanzlerin +++

Noch völlig paralysiert von der Mitteilung meiner Kollegin stehe ich vor der Kanzlerin.

Merkel ist zunächst etwas unbeteiligt und beschäftigt sich mit ihren alltäglichen Gesichtsübungen. Sie übt vor dem Spiegel angestrengt Lächeln.

«Ah, Frau Solga!»

Vitali, dieses putineske Alphamännchen – und ich falle auf so etwas rein.

«Schön, dass wir uns heute noch sehen.»

Dabei bin ich eine emanzipierte Frau!

«Worüber wollten Sie mit mir sprechen, Frau Solga?»

Den massakriere ich.

«Wahrscheinlich über das Zeugnis?»

Oder ich strafe ihn durch Missachtung.

«Gibt es daran etwas auszusetzen?»

Mario war netter.

«Frau Solga, Sie stehen vor mir wie ein Arbeiterdenkmal aus der DDR und sagen nichts!»

Was denn für ein Denkmal?

«Sonst sind Sie doch immer so redselig.»

Oh Gott, vor mir sitzt die Kanzlerin der Bundesrepublik Deutschland, und ich denke über meine Beziehungskisten nach. Aber zu dieser Situation kann nicht mal ich mir einen Reim bilden.

«Was schweiget stumm und ist nicht frisch?

Es ist mein Mann am Frühstückstisch! …

Frau Solga, seit ich Sie kenne, kann ich das Reimen nicht mehr lassen. Das ist so schön, wenn man sich während einer Kabinettssitzung dauernd Reime macht.» Sie kichert.

«Isst Gabriel ein Schnittchen mehr,

dann muss ein größrer Stuhl daher.
Halt den Mund, Usch von der Leyen,
sonst muss die Mama Merkel schreien!
Hihi.»

Soll ich kündigen?

«Wer hat vor seinem Kopf eine Latte Holz,
es ist der Arbeitsminister Scholz!
Hoho. Jetzt lachen Sie doch mal, Frau Solga ... Geht es Ihnen nicht gut?»

Ich nicke. Mir fehlen die Worte.

«Kummer?»

Ich nicke.

«Der Job ... oder die Liebe?»

Ich nicke.

Sie drückt mir ihren Finger auf die Lippen, eine ganz leichte Röte huscht über ihr Gesicht: «Verstehe – der Kosakensturm.»

Alles erstarrt in mir. Ich bin ein Denkmal.

Ich muss heute noch mit Mario telefonieren.

+++ 13. September 2009, 16:55 Uhr, Rheda-Wiedenbrück, im Dienstwagen der Kanzlerin +++

Der Regen prasselt auf die Windschutzscheibe. Die Wischerblätter surren in eiligem Tempo, aber nahezu tonlos über die Glasfläche.

Frau Solga, könnten Sie meine Rede heute etwas langsamer vorlesen?

Ich wache auf, aus meinem Tagebuch … Warum mache ich das alles? Warum tue ich mir das an?

Ich arbeite an den Schalthebeln der Macht. Das ist eine Menge wert. Ich kann die Dinge zwar nicht unbedingt in meinem Sinne beeinflussen, aber ich weiß alles aus erster Hand. Für einen neugierigen Menschen wie mich kann es eigentlich nichts Besseres geben. Eins ist klar: Ich werde den Job auch ohne Merkel weitermachen. Ich bleibe eine Kanzlersouffleuse.

Und überhaupt: Wenn ich auspacke, können die einpacken.

Vielleicht schreib ich auch ein Buch. Obwohl: Nichts ist unglaubwürdiger als die Wahrheit.

+++ ENDE +++

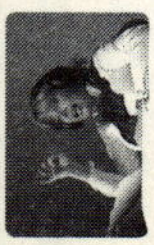

Sechs Fragen, über die ich in meinem Leben nie reden wollte - bis heute ...

1. Warum ist Horst Seehofer der Grund dafür, dass ich immer schlank bleiben will?

Meine Chefin, die Kanzlerin, und der Bayer Seehofer haben ein etwas distanziertes Verhältnis. Und der Grund dafür heißt Sauer, der Mann meiner Chefin. Der gute Herr Sauer traut Seehofer nämlich nicht. Er hält ihn für einen Womanizer und hat Angst, dass Seehofer ihm seine Gattin ausspannt. Deswegen geht der Professor auch immer mit nach Bayreuth zum Wagnerhören. Weil, das liegt ja in Bayern, und dort ist männertechnisch wegen Seehofer für Sauer Feindesland. Dabei hasst er in Wirklichkeit Wagnermusik und bekommt davon Sodbrennen. Meist schon nach dem ersten Akt, also so nach etwa sieben Stunden. Aber das nur am Rande.

Damals, als meine Chefin sich mit diesem Wahnsinns-Dekolleté gezeigt hat, da hat Sauer endgültig den Eindruck gewonnen, dass seine Angela starkes Interesse an anderen Männern hat. Er wurde nach dem Auftritt mit dem Ausschnitt richtig sauer und hat nachts um eins zu Hause eine Mordsdiskussion angefangen. Meine Chefin fühlte sich echt überfahren. Sie wusste nicht mehr weiter, klingelte mich aus dem Bett und rief mich zu sich, weil sie den Aufstand von ihrem Professor nicht ohne Beistand durchstehen wollte.

Für mich wiederum war es das erste Mal, dass ich bei einem Ehestreit soufflierte. Ich kam echt ins Schwitzen. Was sollten wir sagen, meine Chefin und ich? Gott sei Dank konnte ich mich an verschiedene Szenen aus einem Film erinnern – ich glaube, es war «Die Katze auf dem heißen Blechdach» mit Elizabeth Taylor. Ich bin mir aber nicht sicher. Ich klaute einige Dialogfetzen, die Angela, von mir souffliert, ihrem Sauer um die Ohren haute. Leider musste sie sich laut Film – so weit meine vage Erinnerung – auch ziemlich betrinken. So gab ich diesbezüglich Anweisungen. Sauer wiederum verwirrte das alles mehr und mehr.

Denn Angela konnte in ihrer Aufregung Dialoge und Regieanweisungen meinerseits oft nicht mehr auseinanderhalten. Wenn ich etwa zu ihr sagte: «Trinken!», nahm sie nicht nur die Flasche Whisky, sondern fauchte auch ihren überraschten Ehemann an: «Trinken!» Der griff daraufhin selbst zur Flasche.

So kam es, dass beide nach und nach sternhagelvoll waren, bis sie schließlich gegen Morgengrauen friedlich Arm in Arm nebeneinander einschliefen. Am nächsten Morgen hatten beide einen Filmriss, so konnte sich auch der Professor nicht mehr erinnern, worum der Streit ging.

Aber den Namen Seehofer hatte er trotzdem auf der Rechnung. Dieser Frauenverführer und Kindermacher sollte seine Angela nicht um den Finger wickeln. Das ist ja auch der Grund, warum es immer wieder Spannungen zwischen den beiden C-Parteien gibt. Immer wenn Seehofer anruft und Sauer hebt ab, sagt er einfach «Falsch verbunden!» und legt auf. Dann ist Seehofer beleidigt und gibt am nächsten Tag ein Interview, in dem er der Schwesterpartei alberne Ratschläge erteilt. Daraufhin ist dann meine Chefin verärgert, und Sauer sitzt in seinem Labor und grinst sich eins. Aber eigentlich will er Seehofer am liebsten ganz weghaben.

Er hat sogar versucht, Erwin Huber wiederzubeleben, also politisch. Das traut man dem Mann meiner Chefin ja gar nicht zu, so einen durchtriebenen Plan. Aber ich weiß es ganz genau, auch wenn ich es bis heute niemandem verraten habe, dass Sauer dem Herrn Huber einen Rhetoriklehrer ans Herz gelegt hat, damit diesem ein Comeback gelingt. Huber wollte ja auch unbedingt nochmal ans Ruder der Macht, und sei es nur, um der Bayerischen Landesbank endgültig den Todesstoß zu versetzen. Doch Seehofer hat von dem Plan was spitzgekriegt. Er hat die Adresse vertauscht, und so ist Huber an den alten Rhetoriklehrer vom Stoiber geraten. Und das war natürlich das Ende des Comebacks vom Huber. Soweit ich weiß, ist er seitdem bei

den anonymen Sprach-Zombies und äh ist froh, wenn er äh bis fünf zählen kann, ohne in einen Sprachkrampf zu geraten. Insofern war Sauers Plan gescheitert, aber umso mehr war er auf der Hut.

Meiner Chefin ging die Eifersucht ihres Mannes, vor allem, was Seehofer betraf, mehr und mehr auf die Nerven. Andererseits wollte sie ihre Ehe nicht gefährden, hatte sie doch Angst, falls ihr Mann sie verlässt, dass sie dann Peter Maffay heiraten muss oder Heino oder noch schlimmer Andy Borg. Denn einen männlichen Carlo Bruni gibt es in Deutschland nicht. So traf sie sich zunehmend heimlich mit Seehofer, wenn sie etwa über den Gesundheitsfonds oder die Milchquote reden wollten.

Eines Abends, es ist noch nicht lange her – ich war bei meiner Chefin, um einen Auftritt vor renitenten Gewerkschaftlern am nächsten Tag abzustimmen –, hat Seehofer nachts einen Einfall gehabt, wie man den Staatshaushalt mit einem Schlag sanieren könnte. Er rief bei Angela an, aber da war ständig belegt. In Wahrheit hatte Sauer den Hörer ausgehängt, denn er musste noch ins Labor und hatte Angst (wie wir wissen, zu Recht!), dass Seehofer anruft und Angela selber drangeht.

So kam – es war kurz nach Mitternacht – Seehofer persönlich zu meiner Chefin nach Hause. Alleine. Ohne seinen Souffleur. Denn dieser war bei Gabriele Pauli, mit der er seit einiger Zeit eine kleine Affäre am Laufen hatte. Meine Chefin empfing Seehofer etwas ängstlich, wusste sie doch, dass ihr Mann jederzeit nach Hause kommen könnte. Gerade als Seehofer ihr seine Idee darlegen wollte – etwas langsam und umständlich, weil, wie gesagt, sein Souffleur war ja in Paulis Bett –, hörte man plötzlich, wie die Haustür geöffnet wurde. Und Sauer stand im Raum. Mein Atem stockte. Es war totenstill. Das Gesicht des Professors wies Züge auf, als wenn Reich-Ranicki erfährt, dass Dieter Bohlen den Literatur-Nobelpreis bekommen soll oder, noch schlimmer, den Deutschen Fernsehpreis.

Ich hatte Angst. Seehofer wurde weiß wie einst Knut in jungen Eisbärfelljahren. Meine Chefin wusste, dass sie sich jetzt etwas einfallen lassen musste. Ihr Blick traf mich – und dann offenbarte sie ihrem Mann, dass ich und Seehofer ein Verhältnis hätten. Deswegen sei er hier. Der Professor wusste nicht, was er davon zu halten hatte. Misstrauen lag in der Luft. Verständlich. Dann trat Seehofer zu mir und legte seinen Arm um mich. Dabei lächelte er mich scheinbar verliebt an. Mir wurde schlecht, aber ich bewahrte Haltung. Die Miene des Professors entspannte sich.

Angela nahm ihm das Versprechen ab, dass niemand von unserer Affäre etwas erfahren dürfe. Seehofer versuchte in den nächsten Tagen, aus dem Spiel Ernst werden zu lassen. Aber ich konnte jeden weiteren Schritt hin zu einer wirklichen Affäre verhindern.

Was ich nicht verhindern konnte und kann, sind seitdem regelmäßige Anspielungen von Sauer. Am schlimmsten wird es, wenn ich, wie zum Beispiel nach den Weihnachtstagen, mal ein oder zwei Kilo zugenommen habe. Dann lächelt Sauer, schaut auf meinen Bauch und fragt mich flüsternd, ob Seehofer und ich uns denn auf Nachwuchs freuen könnten. Diese Vorstellung ist mir zuwider. So kommt es, dass ich seitdem höllisch auf meine Figur achte. Ich kann ja dem Mann meiner Chefin nicht aus dem Weg gehen. Aber solche Sprüche brauch ich wirklich nicht. Lieber eine Schokolade zum Frühstück weniger als scheinschwanger vom bayerischen Horst.

Ach, und noch was: In der ganzen Aufregung jener Nacht hat Seehofer seinen Plan mit dem ausgeglichenen Haushalt vergessen. Sagt er jedenfalls. Aber vielleicht hatte sein plötzlicher Besuch ja doch andere Gründe. Wir werden es nie erfahren.

2. Warum wollte mir Christian Wulff eines Tages einen nagelneuen VW schenken?

Bei der Beantwortung dieser Frage muss ich etwas ausholen. Denn die Sache hat weniger mit Christian Wulff als mit Roland Koch zu tun. Oder besser gesagt, mit beiden. Aber der Reihe nach.

Es ist nicht lange her, da hatte Koch über Nacht ein großes Problem. Und ich rede nicht von dieser, na, hessischen ewigen Wahlwiederholungstäterin, deren Name mir nicht mehr einfällt, der mich aber an meinen Lieblingsgriechen in Kreuzberg erinnert. Koch ist ein Knauser, sagt man. So genau weiß ich es nicht. Aber es passt dazu, dass er sich seinen Souffleur auf dem Schwarzmarkt gesucht hat. Einen Schwarzen aus Afrika. Ich habe nichts gegen Afrikaner, aber Koch hat für den armen Mann ja nicht einmal die Sozialabgaben gezahlt. Ging ja auch nicht, denn Herrmann – so hieß und heißt der Afrikaner – ist illegal im Land. Es wäre auch alles gutgegangen, wenn man davon absieht, dass Herrmann aus einem Gebiet stammt, in dem zahlreiche Stammeskriege seine Kindheit prägten. Das ist, so ganz nebenbei, die Erklärung dafür, warum Koch sich immer mal wieder aufführt, als sei er auf dem Kriegspfad. Nur sein Gesicht könnte er sich besser schminken.

Als Koch mal in den Skiurlaub fahren wollte, hatte er keine Ahnung, wie man zur Not die Schneeketten auf die Winterreifen montieren sollte. Peter Müller, das ist der Kleine aus dem Saarland, hat sich angeboten, ihm das zu zeigen. Der fährt zwar im Winter immer an die Nordsee, aber eine Cousine seiner Frau hat es ihm mal gezeigt. Deswegen hat Koch den kleinen Müller eines Sonntags bei sich zu Hause empfangen, um sich von ihm autotechnisch fortbilden zu lassen. Nach getaner Arbeit gab es selbstgebackenen Kuchen. Dabei hat Müller durch Zufall – Herrmann hatte sich eine Voodoo-Puppe gebacken – mitbekommen, dass der Kollege aus Hessen einen illegalen Einsager beschäftigt. Koch war mit einem Mal kotzübel. Er hat Müller auf den Knien das Versprechen abgerungen, ihn auf keinen Fall bei meiner Chefin hinzuhängen. Müller versprach das hoch und heilig, um dann keine Viertelstunde später noch aus dem Auto raus in Berlin anzurufen. So viel zu wahrer Männerfreundschaft.

Etwa eine halbe Stunde später – meine Chefin war gerade in einer heftigen Diskussion mit ihrem Sauer wegen dem Ausschnitt einer Bluse – erhielt Koch eine klare Ansage aus dem Kanzleramt. Für den kommenden Parteitag müsse er sich einen anderen Souffleur suchen. Für Herrmann könne sicher eine adäquate Betätigung gefunden werden. Doch gute Souffleure sind rar. Und auf die Schnelle schon gar nicht zu finden. Und so fragte die Chefin mich, ob ich nicht ausnahmsweise für einen Tag dem Koch helfen würde.

Ich hatte absolut keine Lust. Da hätte ich ja noch lieber bei dem eitlen Söder angefangen. Der redet zwar genauso viel Unsinn, aber es gibt mehr Freibier. Nur Angelas Versprechen, dass sie mir mal ihre feschen schwarzen Schuhe – die mit dem feinen Streifen über dem Absatz – leiht, stimmte mich schließlich um.

Koch empfing mich in seiner Hotelsuite. Er war ausgesprochen nett. Talentierter Schleimer, könnte man auch sagen. Wir trafen uns am Abend vor dem Parteitag, um ein paar wesentliche Punkte zu besprechen. Es gab Wasser und kleine Salzbrezeln, die Koch mit Vergnügen in sich reinstopfte. Plötzlich, nach einem Blick auf seine Uhr, hatte er es eilig und wollte mich verabschieden. Ich bat darum, nochmal kurz die Toilette benutzen zu dürfen. Gerade als ich wieder ins Zimmer zurückwollte, hörte ich Koch husten. Es war mehr als ein Husten, es war ein wahrer Hustenanfall. Ich wollte ihm zu Hilfe eilen, als ich eine Stimme hörte. Eine männliche Stimme. Vorsichtig wollte ich zunächst einmal die Lage sondieren und lugte durch den Spalt der halb

geöffneten Badezimmertür. Koch stand im Raum, hustete und wedelte mit den Armen. Vor ihm stand Christian Wulff, der Herr über Niedersachsen und noch Herr über VW.

Während Koch kein Wort rausbekam und immer leiser wurde, nutzte Wulff die Zeit und offenbarte Koch minutiös, wie am nächsten Tag der geplante gemeinsame Putsch gegen Merkel (meine Chefin!) durchzuführen sei. Es wurde mir mit einem Mal klar, dass die beiden da einen sauberen Parteistreich planten. Während Wulff also parlierte und parlierte, rang Koch nach Luft und versuchte, immer wieder mit seinen Armen in Richtung Badezimmertür zu deuten. Dorthin, wo er mich lauschend vermutete. Doch Wulff, der nette Schwiegersohn, berauscht von kommender Machtfülle, hatte jeden Blick für die Realität verloren. Vor ihm erstickte ein Mensch an einer Salzbrezel, und er sprach von Plänen und Strategie. Da sah ich für mich die Zeit gekommen, ins Zimmer zu eilen und Koch mit einem Schlag auf den Rücken das Leben zu retten. Die Brezel flog in einem weiten Bogen gegen die Fernbedienung der Musikanlage, sodass im Raum plötzlich völlige Stille war. Koch war dankbar, dass er wieder atmen konnte, aber auch panisch. Wulff nur panisch.

Wer war die fremde Frau hier? Er meinte mich. Kurz und gut: Koch distanzierte sich von Wulffs forschen Reden. Er wisse nichts von einem Putsch gegen die geliebte Angela. Das machte Wulff sprachlos. Voller Angst blickte er mich an. Würde ich ihn verraten? Sofort hatte ich die Einladung zu einem Termin in einem Autohaus in Hannover. Ich sollte mir einen Wagen aussuchen. Kosten spielten keine Rolle. Der Wagen sei quasi schon bezahlt. Ein neues Auto wäre schon gut, dachte ich mir. Aber darf ich ihn annehmen? Oder muss ich nicht vielmehr meiner Chefin von der ganzen Sache berichten?

Es war meine Chefin, die mir mit einer trockenen Frage aus aller Verlegenheit verhalf. Ob denn die Buben wieder versucht hätten, Parteistreich zu spielen. Ich müsste ihr gar nichts sagen, meinte sie maliziös lächelnd. Sie wüsste eh schon Bescheid. Ich war baff. Wulff sagte ich natürlich nichts, also davon, dass Angela eh schon alles wusste, sondern begab mich schon am nächsten Tag auf Probefahrt.

3. Warum finde ich in meinem Briefkasten hin und wieder anonym geschenkte Theaterkarten?

Ich liebe das Theater. Schon als kleines Kind bin ich gerne mit meiner Tante ins Theater gegangen. Vielleicht ist so auch mein beruflicher Werdegang zu erklären. Denn wenn der Beruf der Souffleuse einen Ursprung hat, dann doch im Theater. Auch heute sitze ich gerne in der ersten Reihe, um wenigstens die Chance zu haben, hin und wieder ein geflüstertes Wort oder einen Satz aufzuschnappen.

Seit etwa einem Jahr bekomme ich hin und wieder Theaterkarten geschenkt – anonym. Allerdings habe ich einen Verdacht, von wem die Karten kommen könnten und warum. Zumindest kann ich den Kreis der Verdächtigen etwas einschränken. Und das kommt folgendermaßen.

Seit mehreren Jahren war und ist bei uns, also im Hause Merkel/Sauer, etwa einmal im Monat Spieleabend. Dazu kamen anfänglich immer ganz unterschiedliche Gäste, und es wurden immer wieder verschiedene Spiele gespielt. Mal eine schöne Pokerrunde, wobei allerdings mancher mit leeren Taschen nach Hause gegangen ist. Was glauben Sie, warum der Mann von der Pooth, also der Herr Pooth, wirklich pleite ist? Der war ein paar Mal bei uns zum Pokern. Das darf natürlich nie rauskommen. Dabei war Pooth auch selber schuld, denn vom Bluffen hat der so viel Ahnung wie der Papst von der Missionarsstellung. Wie auch immer, eines Tages kam Pooth nicht mehr, er hatte kein Geld mehr und musste sich mit seinen Anwälten treffen. Außerdem wollte meine Chefin nicht mehr so viel pokern, weil sie meinte, das gemeinsame Spielen sei auch dazu da, um gemeinsam Spaß zu haben. In Wirklichkeit, glaube ich, hatte sie einfach schon genügend Geld abgezweigt, um den persönlichen Aufbau Ost zu vollenden. Also eine schwimmende Datscha auf irgendeinem dieser Seen in Meck-Pomm war finanziert.

Danach kam die Zeit des Skats, was auch nicht einfach war, denn es wollten immer mehr als drei Leute mitspielen. Also wurden verschiedene Runden gebildet, was neue Schwierigkeiten mit sich brachte. Die Claudia Roth wollte nicht mit dem Westerwelle an einem Tisch sitzen, und mit dem Lafontaine wollte sowieso keiner. Der wurde dann abkommandiert, mir zu helfen. Denn ich spielte nie mit. Ich hasse Spiele aller Art. Allerdings bat mich meine Chefin, ihr bei ihrer Rolle als Gastgeberin zu helfen. Also machte ich Schnittchen und verdünnte den Wein heimlich mit Wasser, damit die Gäste nicht zu schnell den Überblick verloren. Lafontaine stänkerte jedes Mal rum, dass er keine Lust habe, die Zeit in der Küche zu verbringen. Er nannte die Küche sein persönliches Sankt Helena. Es blieb ihm aber nichts anderes übrig, als Spreewaldgürkchen zu schneiden und damit akkurat die Teller zu dekorieren.

Auf die Skat-Zeit folgte die Zeit von Trivial Pursuit. Es machte aber schnell keinem mehr Spaß, denn Sauer wusste immer als Einziger alles. Auch meiner Chefin ging seine Klugscheißerei mehr und mehr auf die Nerven. Ich glaube, so manche Nacht verbrachte sie nach einem Streit lieber auf dem Sofa. Und dabei ging es ausnahmsweise mal nicht um Seehofer.

Nach einer gewissen Spielepause einigte man sich auf Monopoly. Und der Kreis der Mitspieler wurde kleiner. Mancher wollte nicht mehr kommen, weil er den Verdacht hatte, dass Lafontaine ihn aus der Küche heraus vergiften könnte. Ist natürlich an den Haaren herbeigezogen. In Wahrheit nimmt es meine Chefin manchmal mit dem Haltbarkeitsdatum ihrer Lebensmittel nicht so genau. Sie sagt halt, in der DDR groß geworden zu sein, ist wie nach dem Krieg. Da schmeißt man nicht einfach Lebensmittel weg.

Wie auch immer: Monopoly wurde das Spiel. Und auch der Kreis der Mitspieler fixierte sich auf bestimmte, die jedes Mal wiederkamen: Ackermann von der Deutschen Bank, ein-

schließlich seines Souffleurs, meine Chefin und ihr Mann sowie Herr Sommer vom DGB. Der kam immer ohne Souffleur, denn seit dem Mitgliederschwund bei den Gewerkschaften kann er sich einen Souffleur nur noch als Halbtagskraft leisten. So tritt Sommer immer nur vormittags oder nachmittags in der Öffentlichkeit auf. Das kann natürlich von Tag zu Tag variieren.

Auch wenn es jetzt mächtig nach Klischee riecht, aber es ist wirklich so: Ackermann, der Banker, hat praktisch jedes Mal gewonnen. Vielleicht ein oder zwei Mal in der ganzen Zeit hat er verloren, aber auch nur, weil er mal wieder vor Gericht stand und direkt von der Verhandlung an den Spieltisch eilte. Da kann einem schon mal die Konzentration verloren gehen. Aber eins ist sicher: Sommer hat jedes Mal verloren. Es kam, wie es kommen musste: Eines Tages erschien unser DGBler nicht mehr. Ein anderer Spieler war nicht so schnell aufzutreiben, und die Chefin wollte nicht zu viert spielen. Das würde ihr keinen Spaß machen. Unglücklicherweise traf ihr Blick mich.

Ich wollte mich weigern mitzuspielen. Ich hasse ja Spiele. Aber Angela drohte mir. Wenn ich sie jetzt im Stich ließe, würde sie mir das heimzahlen. Mich durchzuckte es. Sie sagte in ernstem Ton, sie würde dazu übergehen, hin und wieder in der Öffentlichkeit einfach Unsinn zu reden. Und das würde natürlich hinter den Kulissen auf mich als ihre Souffleuse zurückfallen. Ich würde in den Soufflierkreisen Ansehen verlieren, ja zur Lachnummer zu werden. Man redet zum Beispiel davon, dass Bush in seiner Amtszeit so über fünfzig Souffleure verschlissen hat, indem er einfach nicht aufhören konnte, Unsinn zu reden.

Mir wurde schlecht, aber es wurde mir klar, dass ich mitspielen musste. Ich versuchte, meine Lustlosigkeit zu unterdrücken, aber ich konnte es einfach nicht. Ich ging so sang- und klanglos unter, dass selbst Sommer gegen mich eine wahre Cash-Maschine gewesen wäre. Merkel schwieg mich böse an, während mich Ackermann väterlich trösten wollte. Seine mitleidigen

Sprüche waren echt zu viel. Ich habe auch auf allen möglichen Souffleurs-Konferenzen später Ackermanns Souffleur gemieden, bin ihm aus dem Weg gegangen. Da konnte er mir noch so sehr mit seinen Ricola-Bonbons auflauern. Der Mann war bei mir unten durch. Ich habe auch schon an dem Abend Ackermann und seinem Souffleur gesagt, dass sie ihre Sprüche für sich behalten könnten. Es sei für mich gar kein Problem zu verlieren. Ich forderte Revanche. Ich, die Spielen eigentlich hasste, wollte eine Revanche. Ackermann lachte. Kein Problem, er sei das Gewinnen ja gewohnt. Und daran werde sich so schnell auch nichts ändern.

Verärgert ging ich an jenem Abend ins Bett. Aber noch schlimmer war für mich, als ich Ackermann am nächsten Tag im Fernsehen mal wieder mit seiner bekanntesten Pose sehen musste: dem Victory-Zeichen. Eigentlich ging es wohl darum, dass er einen Prozess gewonnen hatte. Aber ich bin mir sicher, dass das eine persönliche Provokation in meine Richtung war. Das konnte ich mir nicht bieten lassen.

In den folgenden Wochen nutzte ich jede freie Minute, um mich im Monopoly fortzubilden. Und ich hatte etliche freie Minuten, denn es waren Ferien, und meine Chefin war mit Sauer irgendwo beim Wandern. Das war das Einzige, was ich mir vertraglich habe zusichern lassen: dass ich nicht wandern muss. Einer meiner Kollegen hat durch zu vieles Wandern mit dem damaligen Bundespräsidenten Carstens einen Hüftschaden davongetragen. Davor wollte ich mich schützen.

Ich hatte also genügend Zeit und verbrachte diese damit, mich von wahren Könnern des Monopoly Schritt für Schritt nach vorne bringen zu lassen. Und davon gibt es ein paar: den Zumwinkel zum Beispiel oder den Leo Kirch oder eben auch den Pooth. Pokern konnte der nie, aber Monopoly – ein Genie! Schon beim nächsten Mal habe ich Ackermann an den Rand einer Niederlage gebracht. Er kam mächtig ins Schwitzen. Aber

die Male drauf wurde es noch bitterer für ihn. Ich besiegte ihn. Aus dem einst stolzen Banker wurde ein geschlagener Mann, dessen Niederlagen beim Monopoly sich auch auf seinen beruflichen Erfolg niederzuschlagen drohten. Die Deutsche Bank kam ins Wanken, es gab Verluste, Einbrüche. Das kann natürlich etwas mit der allgegenwärtigen Finanzkrise zu tun haben. Aber vielleicht auch damit, dass Ackermann sich weniger auf seine internationalen Geschäfte konzentrierte denn auf den verzweifelten Versuch, endlich mal wieder diese Souffleuse mit vielen Hotels auf der Schlossstraße in den Ruin zu treiben. Ich freute mich natürlich zu gewinnen, auch wenn mir das Spielen immer noch keinen rechten Spaß machte.

Eines Tages nach meinem grandiosesten Sieg fand ich das erste Mal Theaterkarten in meinem Briefkasten. Und wie sich herausstellte, just für den Abend, an dem auch wieder Monopoly angesagt war. Ich erzählte meiner Chefin von der Zwickmühle. Die überlegte kurz und meinte dann, ich sollte nur ins Theater gehen. Sie würde versuchen, mal wieder DGB-Sommer zum Mitspielen zu überreden. Was ihr auch gelang. Ich glaube, sie musste ihm dafür eine Mindestlohn-Vereinbarung für ostdeutsche Pferdepfleger versprechen. Natürlich hat Sommer wieder verloren, und Ackermann hat seine durch mich erlittenen Wunden etwas heilen können.

Tja, und wie soll ich sagen: Wie durch ein Wunder fand ich ab da jedes Mal in meinem Briefkasten Theaterkarten, wenn mal wieder ein Spieleabend stattfand. Es kann sein, dass die von Ackermann sind. Ich weiß es nicht. Vielleicht auch von meiner Chefin, der es natürlich nicht recht sein kann, wenn die Deutsche Bank wegen ihrer Souffleuse in Schwierigkeiten gerät. Ich werde es nie erfahren.

4. Warum spielt Friedrich Merz Lotto, und was hat das mit George Clooney zu tun?

Meine Chefin ist die Chefin, ganz klar, und da gibt es eigentlich keinen, der wirklich mal einen Aufstand gegen sie versucht. Ich meine, so Auge in Auge. Es gibt diese Hintergrund-Revoluzzer wie eben Koch oder Wulff. Aber eigentlich nur einen, der mal einen öffentlichen Aufstand gewagt hat: Friedrich Merz. Daraufhin hat ihn meine Chefin sauber abserviert oder, besser gesagt, abservieren lassen. Der kriegte keinen Fuß mehr auf den Boden. Wie auch immer, die beiden sind darauf bedacht, sich nun nicht unbedingt zu begegnen. So war es ein ziemlich dämlicher Zufall, was bei der Jahrestagung von mittelständischen Unternehmern passiert ist, damals im Mai, ich glaube, es war ein Treffen von Baumaschinenherstellern oder Altreifenrunderneuerern. Wir, also meine Chefin und ich, stiegen in den Lift, um von der Parkgarage zum Sitzungssaal zu gelangen. Die Bodyguards waren schon voraus. Gerade als die Lifttür sich schließen wollte, stoppte sie ein schwarzer, edler Herrenschuh. Der Träger des Herrenschuhs war Friedrich Merz. Meine Chefin und er grüßten sich mit einem kurzen Kopfnicken, mehr nicht. Dann schloss sich die Lifttür, und das Ding setzte sich in Bewegung.

Plötzlich ein abrupter Stopp. Wir steckten fest. Nach dem Drücken der Notruftaste kam als Antwort die Nachricht, dass es wohl etwas dauern würde, bis man uns befreien könne. Irgendein Problem mit dem Aufwärts-Seil. Merz grinste, was meine Chefin sichtlich aufregte. Sie fragte ihn, wohlgemerkt, nicht von mir souffliert, was denn jetzt dieses Grinsen solle. Merz sagte nichts, grinste weiter. Meine Chefin insistierte. Da gluckste er vor sich hin, es würde ihn ja nicht wundern, dass es hierzulande mit dem Aufschwung Probleme gebe. Mit einer «sozialdemokratischen» Kanzlerin an der Macht.

Ich versuchte, meiner Chefin zu soufflieren, vor allem, dass

sie staatsfrauliche Größe bewahren solle. Aber sie war nicht mehr zu halten, und ein paar deftigere Worte wechselten den Besitzer. Dann trat wieder Ruhe ein, unterbrochen von einer sonoren Stimme aus dem Lautsprecher, es könne leider noch etwas dauern. Denn man würde jetzt versuchen, uns langsam nach unten abzuseilen. Wieder grinste Merz, aber meine Chefin sagte dieses Mal nichts. Vielmehr hörte sie auf mich, und ich – das Papier ihres Vortrags in der Tasche – versorgte sie mit ein paar Daten, Sprüchen und klugen Sätzen, die eigentlich für das Publikum ein paar Stockwerke über uns gedacht waren. Ich war gut, zugegebenermaßen war auch die Textvorlage von einer soliden Qualität.

So kam es, dass Merz mehr und mehr in die Defensive geriet. Seine Augen wanderten unruhig hin und her – und schließlich rief er: «Stopp!» Das sei unfair, die Kanzlerin habe ja ihre Souffleuse dabei und er nicht. Weil er sich wahrscheinlich gar keinen Souffleur mehr leisten könne, war die eisige Antwort. Merz zog wie aus dem Nichts einen Bierdeckel hervor und notierte darauf seine wichtigsten Stichworte. Wenn einigermaßen Chancengleichheit bestehen solle, würde er darauf bestehen, dass ich auch ihm soufflieren müsse. Ich konnte es kaum glauben. Sollte ich jetzt vielleicht mit mir selbst diskutieren? Angela zögerte, doch dann forderte sie mich auf, bei dem Spiel mitzumachen. Zunächst war ich nicht zu so einem Unsinn bereit, doch als beide gemeinsam mehr und mehr auf mich einredeten, entschloss ich mich zum Mitmachen. Und dann ging es ab. Begriffe wie Mittelstandsbauch, Steuervernachlässigung, Aktienhöhennotierung, Einstandssicherungsgesetz oder einfach Geld flogen durch die Luft im Lift. Ich steigerte mich zur Höchstform, herausgefordert von einer einmaligen Situation, die es so vielleicht noch nie in der Souffliergeschichte gegeben hatte. Ein Kribbeln lag in der Luft, als mit einem Mal der Lift sich wieder in Bewegung setzte. Keine fünf Sekunden später öffnete sich die Tür, und meine Chefin und Merz trennten sich mit einem kurzen Kopfnicken.

Eigentlich hatte ich mit dem Vorfall schon abgeschlossen, als ich zwei Wochen später plötzlich eine Visitenkarte von Merz unter dem Scheibenwischer meines Autos fand, mit der handschriftlichen Bemerkung, ob wir uns nicht mal treffen könnten. Ich wollte das nicht, schon gar nicht hinter dem Rücken meiner Chefin. Doch als sie am selben Tag mit mir einen Streit wegen eines Urlaubstags begann, besann ich mich anders. Bei dem Streit ging es darum, ob ein Essen bei Queen Elizabeth als Arbeit zählen sollte oder nicht. Meine Chefin saß bei dem Bankett neben dem chinesischen Botschafter in London, der weit mehr an den Köstlichkeiten interessiert war als an einer Konversation. Aber da kann ich doch nichts dafür. Meine Chefin meinte dagegen, ich hätte ja nichts zu tun gehabt. Und das volle 18-Gänge-Menü hätte ich schließlich auch genießen können. Ungerecht!

So traf ich mich in einer Mittagspause mit Merz bei einem kleinen Italiener. Er kam ohne große Umschweife zur Sache und fragte mich, ob ich nicht für ihn arbeiten wolle. Er bot mir den Job als seine Souffleuse an. Mit mir im Rücken wolle er wieder richtig durchstarten. Parteikarriere und später natürlich in die Regierung.

Ich zögerte, so schnell wollte ich meine Chefin nicht verraten. Außerdem machte mir mein Job ja Spaß. Doch Merz insistierte und insistierte. Schließlich schrieb er eine lange Zahl, gefolgt von einem Euro-Zeichen, auf einen Bierdeckel. Friedrich Merz liebt Bierdeckel. Ich bin nicht käuflich, aber überlegen wollte ich mir die Sache schon. So gingen wir auseinander. Ich konnte nicht ahnen, dass an einem kleinen Tisch in der Ecke, gleich bei der Toilette, der Pfarrer Hintze saß und das billige Tagesgericht verzehrte. Er hatte natürlich nichts Wichtigeres zu tun, als mich bei meiner Chefin hinzuhängen. Alte Petze!

Angela stellte mich zur Rede. Ich erzählte ihr ganz offen, dass mir Merz ein schönes Angebot gemacht habe. Und ich deutete auch die Summe an, die er mir geboten hatte. Ein erkleckliches Mehr als mein Einkommen als Kanzlersouffleuse. Merkel wurde, glaub ich, etwas schwummrig. So viel würde sie mir nie bezahlen können. Das würde sie beim Steinbrück nicht durchbekommen. Aber sie wollte mich auch nicht verlieren. Ich war ganz gerührt. Da saß die Kanzlerin der Bundesrepublik Deutschland vor mir und bat mich, sie nicht im Stich zu lassen. Andererseits würde ich mir zum Beispiel eine Urlaubsreise in die Südsee mit meinem jetzigen Gehalt nie leisten können. Meine Chefin bekniete mich, ihr noch einen Tag Zeit zu geben. Sie würde sich was einfallen lassen.

Und natürlich wäre Angela nicht Angela und nicht Kanzlerin, wenn sie nicht eine Schwachstelle bei mir ausgemacht hätte, an der sie jetzt ansetzen wollte. Und diese Schwachstelle hat einen Namen: George Clooney. Ich liebe diesen Mann aus der Ferne und würde alles dafür geben, mal einen Abend mit ihm gemeinsam zu verbringen. Das wusste meine Chefin, und sie setzte alle Hebel in Bewegung und überraschte mich dann mit einem wirklich unmoralischen Angebot: Ich dürfe George Clooney zu einer Preisverleihung bei den Filmfestspielen in Venedig begleiten. Sie hatte das irgendwie über den Silvio, den kleinen Berlusconi, eingefädelt. Der kennt jeden, also auch den Manager von Clooney. Ich war hin und weg.

Ich sagte Merz am Telefon ab, dankte für das generöse Angebot, verschwieg aber die Gründe für meine Absage. Es war mir auch egal, dass ich es war, die somit die politische Karriere von Friedrich Merz endgültig beendete. Ich freute mich einfach auf Venedig. Leider hatte sich Clooney kurz vor der Veranstaltung einen Bänderriss zugezogen, sodass er zur Preisverleihung nicht kommen konnte. Stattdessen schenkte er seinen Platz seinem Souffleur, einem äußerst charmanten Mann aus der New

Yorker Gesellschaft. Er machte Clooneys Fehlen fast wett, und wir sind seitdem beste Brieffreunde.

Ach ja, und das mit dem Lotto ist schon so schräg, dass ich es eigentlich gar nicht erzählen will. Nach ihrem Erfolg in dieser Auseinandersetzung rief meine Chefin bei Merz an und sagte ihm im Überschwang, dass er eher einen Sechser im Lotto haben werde, als mich abwerben zu können. Und was dachte sich Merz? Der dachte sich, dass das ein Hinweis des Schicksals sein könne. Und so spielt er seitdem Lotto.

5. Wie konnte ein kleines Preisschild eines Tages die russisch-deutsche Freundschaft retten?

Es war kalt, ziemlich kalt sogar, zeigte das Thermometer doch in jener Januarnacht unter 20 Grad minus. Ich hatte morgens vergessen, mein Schlafzimmerfenster zu schließen, sodass es, als ich spätabends heimkam, in meiner Wohnung sibirisch kalt war. Nur mit einer Wärmflasche konnte ich es unter der dicken Bettdecke aushalten, denn die Heizung in dem Haus schaltete sich nachts immer auf Sparflamme. Irgendwie würde ich die Nacht schon überleben.

Auf Sparflamme standen in jenen Tagen übrigens auch die Beziehungen zu Russland, besser gesagt: Sie waren ziemlich unterkühlt. Denn die Russen hatten wegen eines Dauerstreits mit der Ukraine mal wieder den Gashahn abgedreht. Wir in Deutschland hatten noch Gas, aber man wusste ja nicht, wie das weitergehen würde. Und außerdem ging es ums Prinzip. Die diplomatischen und anderen Drähte liefen heiß. Jeder traf jeden, aber nichts schien vorwärtszugehen. Und ich schlotterte in meinem Bettchen, nicht wegen fehlendem russischem Gas, sondern wegen eigener Dummheit. Wegen der klammen Kälte konnte ich auch gar nicht so recht einschlafen.

Erst gegen Morgen schlummerte ich weg, um kurz darauf unsanft geweckt zu werden. Meine Chefin war dran. Ich müsste sofort kommen. Wir würden in gut zwei Stunden nach Moskau fliegen, zu Putin. Meine Chefin und er würden sich zu zweit dieser leidigen Gassache annehmen. Ich wollte kleinlaut auf meinen elenden Zustand verweisen, aber Angela duldete keinen Widerspruch. Also zog ich mich schnell an und verließ ohne Frühstück meine Wohnung.

Bei meiner Chefin angekommen, war diese schon im mächtigen Regieren-Stress, hantierte mit mehreren Telefonen gleichzeitig und schickte nebenher ihrer Schneiderin noch eine SMS.

Da mich der Hunger immer mehr quälte, nahm ich mir einen Toast, es war der letzte in der Packung, mit etwas Marmelade drauf. Im Gehen schlang ich das Ding runter. Denn der Flieger wartete. Natürlich würde er nicht ohne uns abfliegen. Aber wir wollten ja Putin nicht warten lassen.

Der russische Ministerpräsident empfing uns in seinen Privaträumen. Offenbar wollte er dem Treffen von seiner Seite von vornherein einen versöhnlichen Anstrich geben. Meine Chefin und er mochten sich schon immer ganz gern. Vielleicht wollte Putin gerade deswegen mit ihr einen Ausweg aus der Krise suchen. Es wurde ein prächtiges Mittagessen gereicht. Anwesend waren nur Putin, meine Chefin, der russische Souffleur und ich. Dazu noch zwei Dolmetscher, die es eigentlich gar nicht brauchte. Denn Putin spricht sehr gut Deutsch, Angela ganz brauchbares Russisch. Aber das sind sozialistische Restelemente. Wenn eine Position wie ein Dolmetscher für einen Bürger eingeplant ist, dann wird sie auch nicht ohne weiteres gestrichen.

Bei einigen Blinis mit Kaviar wurde ein bisschen Smalltalk gemacht. Putin bewunderte den neuen Hosenanzug meiner Chefin. Im Gegenzug durfte sie seinen Bizeps befühlen. Die Stimmung war prächtig. Ich sah uns schon auf der Siegerstraße, als etwas dem Treffen plötzlich eine unangenehme Schlagseite versetzte. Als Hauptgang gab es Kalbsleber. Und meine Chefin hasst Kalbsleber. Ansehen geht gerade noch, aber mehr ist nicht drin. Keinen Bissen würde sie ohne Würgen herunterbekommen. Gar nicht dran zu denken, dass sie alles kurz darauf auf den Tisch des Hauses kotzen könnte. Panisch blickte sie mich an. Was tun? Es war klar, dass sie das angebotene Essen nicht ablehnen konnte. Das würde schlimmste Verwicklungen nach sich ziehen. Gerade der Macho Putin sah sich als perfekten Gastgeber. Nie würde er eine Ablehnung seiner Speisen als etwas anderes empfinden als eine Demütigung. Angela sah nur eine Chance: Ich musste ihre Leber mitessen.

Gesagt, getan. Hin und wieder geriet sie wegen irgendeiner Kleinigkeit – eines Bilds, einer Vase oder einfach nur des Ausblicks – in Verzückung. Alle schauten in die eine Richtung, und prompt landete wieder ein Stück von Angelas Leber auf meinem Teller. Schließlich hatten wir es geschafft. Alle waren glücklich, meine Chefin lobte das wunderbare Essen, und man kam endlich zum eigentlichen Thema: dem Gas.

Ich fühlte mich irgendwie nicht besonders und verabschiedete mich auf die Toilette. Dort verbrachte ich die nächsten Stunden. Mir war so was von schlecht, dass meine Chefin mich mit der Maschine von Steinmeier vorzeitig nach Haus schickte. Der Außenminister musste deswegen einen Tag länger in Kabul warten, von wo ihn seine Maschine eigentlich abholten sollte. Während ich also Richtung Heimat flog, wobei ich nicht weiß, wie ich diesen Flug überhaupt überlebte, so schlecht war mir, kamen die Verhandlungen nicht voran. Kein Wunder, fehlte meiner Chefin doch ihre Souffleuse. Man ging ohne Lösung auseinander. Der Ton wurde rauer. Angela kehrte nach Deutschland zurück.

Mitten in der Nacht kam Angela zu mir in meine Wohnung, um nach mir zu sehen. Sie wunderte sich, dass mir als Einziger von dem Essen schlecht geworden war. Vielleicht war ja etwas in der Leber? Aber warum nur in meiner? Mit einem Mal durchzuckte es sie. Vielleicht war ja ihre, Angelas, Leber vergiftet worden. Und mich hatte es getroffen, weil ich sie heimlich gegessen hatte. Sollte meine Chefin Opfer eines heimtückischen Anschlags werden? Stand etwa der Geheimdienst dahinter? Wenn es so einen Plan gab, war Putin eingeweiht? Meine Chefin zapfte alle ihre Quellen an. Sie musste der Wahrheit auf die Spur kommen.

Diese Nachforschungen nahmen meine Chefin so in Beschlag, dass sie zu nichts anderem mehr kam. Sie ging nicht mehr aus dem Haus. Und ich – es ging mir inzwischen wieder besser –

kümmerte mich um sie. Der Haushalt drohte zu verkommen, war doch Sauer zu einem Symposium nach Florida gereist. Also übernahm ich neben meiner Aufgabe als Souffleuse noch weitere. Und so sollte ich durch Zufall auf den wahren Grund meiner Übelkeit stoßen. Ich hatte vielleicht schon mal erwähnt, dass im Hause Merkel/Sauer keine Lebensmittel weggeworfen werden, es sei denn, sie sind völlig verdorben. Aber sonst wird schon mal gerne ein Auge zugedrückt. Denn in der DDR hat man das Sparen gelernt. Und so stoße ich in der Küche auf die Packung, aus der ich den letzten Toast genommen hatte. Das Haltbarkeitsdatum war schon lange abgelaufen. Selbst die Packung trug sichtbar Schimmel, nur hatte ich das in der Hektik des Morgens nicht bemerkt.

Vorsichtig vertraute ich meiner Chefin meine Entdeckung an. Sie sah blass aus, nicht wegen des Schimmels, sondern wegen der allgemeinen Entwicklung. Natürlich hatte man im Kreml von ihren Verdächtigungen Wind bekommen und war höchstgradig verärgert. Der Abbruch der diplomatischen Beziehungen drohte. Meiner Chefin war klar, dass sie das Feuer an eine Lunte gelegt hatte. Wie sollte sie sich aus dieser Lage befreien? Ich blickte in ihr verzweifeltes Gesicht und sagte trocken: mit Ehrlichkeit.

Angela verstand zuerst nicht, doch dann wurde ihr klar, was ich meinte. Man konnte die Russen nur wieder beruhigen, wenn man ihnen den wahren Grund meiner Übelkeit offenbarte. Und so wurde mit einem Sonderkurier die Packung nach Moskau gebracht, einschließlich einer ausführlichen handschriftlichen Erklärung von Angela. Dort studierte man mit Argusaugen das Preisschild, auf dem auch das Haltbarkeitsdatum angebracht war, und brach dann in schallendes Gelächter aus. Die diplomatische Krise war behoben. Gott sei Dank. Wie sich das im Übrigen mit dem Gas geklärt hat, weiß ich gar nicht mehr so genau. Irgendwie ging es um Kohle.

+++ Goldene Worte von Souffleusen und Souffleuren +++

«Ich gebe zu, dass der Spruch ‹Ich bin ein Berliner› durch Zufall entstanden ist. Während Kennedys Rede hatte ich unsagbaren Hunger. Kurzerhand biss ich in einen Berliner. Aus Vorfreude lachte ich das Gebäck an und sagte jenen berühmten Spruch, den dann der Präsident übernahm: ‹Na, was bist du denn, du süßes Teilchen? Bist du ein Berliner?› Die Antwort ist bekannt.»
(John Wobbler, Souffleur)

«Ich sagte ihm: Knie. Aber nur weil der Kanzler dort auf der Hose einen Fleck hatte, den er hätte wegmachen sollen. Doch Willy Brandt hat das falsch verstanden und sich hingekniet.»
(Willy Klein, Souffleur)

«Ich bin ehrlich gesagt auf Anraten meines Logopäden Souffleur geworden, um meine Sprachschwierigkeiten in den Griff zu kriegen. Alles in allem durchaus mit einem gewissen Erfolg.»
(Edmund Stock, Souffleur von Edmund Stoiber)

«Ich hatte mir diesen Job damals bewusst ausgesucht. Gut, ich verdiente nicht so viel wie andere Souffleure, dafür hatte ich aber auch wirklich wenig zu tun.»
(Heinz Stiller, ehemaliger Souffleur von Marcel Marceau, Pantomime)

«Ich habe auf einem internationalen Souffleurstreffen vor zwei Jahren mit einem Kollegen gewettet, mit insgesamt nicht mehr als elf Wörtern auszukommen. Diese Wette habe ich verloren. Ich brauchte zwölf.»
(Martin Matsch, Souffleur von Lukas Podolski)

«Am Anfang habe ich versucht, diesen anstrengenden Job alleine zu machen. Aber inzwischen beschäftige ich drei Kollegen, die mir simultan zuarbeiten. Sonst könnten wir diese unheimlichen Satzgebilde gar nicht stemmen.»
(Jens Tilmann, Souffleur von Roger Willemsen)

«Am besten bin ich nach ein, zwei Gläschen Prosecco. Sonst kriege ich keinen anständigen Satz raus.»
(Franzi Pooth, Souffleuse von Verona Pooth. Anmerkung: Die Namensgleichheit ist reiner Zufall)

«I love you all.»
(Der Souffleur M. C. White auf die Bitte eines Kollegen, er möge einen genaueren Überblick über seine Arbeit als Souffleur von Michael Jackson geben)

«Ich nehme diesen Preis nicht an.»
(Billy Böll, Souffleur von Marcel Reich-Ranicki, der auf dem Deutschen Souffleurstreffen 2008 für sein Lebenswerk als Souffleur ausgezeichnet werden sollte)

«Ich hätte diesen Preis verdient und täte ihn auch annehmen.»
(Dieter Anders, Souffleur von Dieter Bohlen auf derselben Veranstaltung)

«Meinen Praktikanten.»
(Anne Lewinsky, Souffleuse von Hillary Clinton, auf die Frage, was sie im Leben am meisten liebt)

«Das ewige Küssen.»
(Hans Drüben, Souffleur von Erich Honecker, auf die Frage, was er im Leben immer am meisten gehasst hat)

«Es ist schwül, aber das ist gut so.»
(Bernd Biolek, Souffleur von Klaus Wowereit, zu einem Kollegen nach dem Ausfall der Klimaanlage in ihren engen Kabinen)

«Mehr Licht.»
(Fritz Schiller, Souffleur von Goethe, der in der Dunkelheit den Beipackzettel eines Medikaments nicht lesen konnte, zu einem Diener)

«Chips, oder nein, doch Erdnüsse. Peanuts.»
(Heinrich Bauer, Souffleur von Josef Ackermann, auf die Frage nach seinem Lieblings-Snack)

«Jein.»
(Souffleur von Boris Becker, ob er damals in der Besenkammer dabei gewesen sei. Der Mann will anonym bleiben)

«Der Souffleur vom Seehofer war so gemein zu mir, all die Jahre. Da habe ich zu Herrn Glos gesagt: Lassen Sie uns aufhören, solange es noch in Würde geht.»
(Theo Feigl, Souffleur von Michael Glos, Wirtschaftsminister a. D.)

«Erst einmal lassen Sie mich meinen Wählerinnen und Wählern danken.»
(Einziger Satz, den man Politikern nicht vorsagen muss. Ergebnis einer Umfrage von Emnid unter Deutschlands führenden Souffleuren und Souffleusen)

Simone Solga Kabarett
www.simonesolga.de
Bei Merkels
unterm Sofa